異世界でエルフと子育てしています

Daizu Konaka

小中大豆

CHARADE BUNKO

Illustration

芦原モカ

CONTENTS

異世界でエルフと子育てしています ——— 7

あとがき ——— 270

いた。

「まーだだよ」

たそがれ時、台所で夕食の鍋が煮えている。外ではまだ、子供たちの遊ぶ声が聞こえて

「もーいーかい」

ライトは、かまどから鍋を下して外に出る。

家は森がぽっかり開けた原っぱにあって、周りには街灯などなかった。日が落ちかけた今、鬱蒼《うっそう》と茂る木々の輪郭が、辛うじて見えるばかりだ。

こんな暗い中で、子供たちはよく遊んでいられるなと感心する。

「おーい、みんな。遊びは終わりだ。夕めしができたぞ」

声をかけると、すぐさま小さな塊《かたまり》が三つ、方々から一斉に飛び出してきた。

「ごはん！」

「あっ、アル、ディー、みーっけ」

「もうごはんだもん。かくれんぼ終わりだもん」

騒ぎながらライトの足元に集まってくるのは、幼い子供たちだ。

一人は人間の姿によく似ているが、耳が尖《とが》っていて長い。

あとの二人は、モフモフした獣の耳と尻尾がある。片方は金色の狐《きつね》の耳と尻尾で、もう一方は黒くて丸っこい、狸《たぬき》のそれだ。

エルフと、それから狸と狐の獣人の子供たち。最初は驚いたが、今はもう慣れた。

異種族の子供たちと共に、ライトはこの森で暮らしている。

「今日はお肉かな、お魚かな」

「きのこだよ。きのこの匂いするもん」

「さあな。見てのお楽しみだ。ご飯の前にちゃんと手を洗えよ。エシル、下の子たちを

……あっ、っていうかお前ら、顔まで泥だらけじゃねえか。また汚しやがって」

待てコラ、とライトが追いかけると、子供たちはキャーッと笑いながら水場へ駆けて行く。子供たちは片時もじっとしていないので、顔や手を洗い、テーブルにつかせるのにも一苦労だ。

「お肉ときのこ！」

「ねえライト。グウィン様、いつ帰ってくる？」

「あと二、三日したら。ほら、食べる前に『いただきます』だろ」

「いただきまーす」

テーブルについても、子供たちは騒がしい。

自分が小さな子供の世話をして暮らすなんて、ちょっと前までは想像もしていなかった。

毎日毎日、朝から晩まで目まぐるしく大変だが、こんな生活も悪くないかな、と最近では感じるようになってきている。

（思えば遠くへ来たもんだ）

というのは、映画だったか、歌のタイトルだったか。思い出せないし、もはや確かめるすべもない。

ライトが生まれ育ったあの国、あの世界には、もう二度と戻れないのだから。

ライトこと、大貫光明《おおぬきらいと》は、ほんの半年前まで日本に住む、ごく普通の社会人だった。

十代の頃はちょっとばかり世を拗《す》ね、不良だのヤンキーだのと呼ばれていたが、高校を中退して十七歳で就職してからは、しごく真面目に働いていた。

仕事は板金屋、家の屋根や雨樋《あまどい》、外壁の修理なんかを請け負う職業である。

二十三歳、独身。趣味は料理、それから携帯で動物の動画を見ること。

中肉にやや長身、よく日焼けした肌に、ベリーショートの髪は金髪に近い茶髪で、吊《つ》り気味のきつい目つきもあってか、初対面の相手には胡散臭《うさんくさ》く見られることが多い。

賭け事もしないし煙草《たばこ》も吸わない、酒は嗜《たしな》む程度といたって真面目なのに、女性とはとんと縁がなかった。

彼女は、高校の時に付き合った一人だけだ。辛うじて童貞ではないけれど、もう何年もご無沙汰なので、そろそろやり方を忘れそうだ。

周りの友人知人に、誰か紹介してくれよなんて言いながら、それでも毎日それなりに充実していたし、まあまあ幸せだった。

何の変哲もない日常が、この先も続いていくのだと思っていた。

いや、人生は何が起こるかわからないから、もしかしたら不意打ちで思いもよらないことが起こるかもしれない。そんな、誰しも抱える漠然とした不安はうっすらあった。

でもそれは、病気とか事故とか災害とか、人間が予想し得るいずれかであるはずだった。

まさか、異世界に連れて行かれるなんて、誰が想像できただろうか。

そう、異世界。生まれ育った地球、現代日本とは違う、どこかの世界に突然、ライトは連れて来られた。

ある日、何の変哲もない日常の最中、前触れもなく。

それは本当に、いつもの代わり映えしない平日だった。

仕事を終えて家に戻る途中、牛乳を切らしていたことを思い出し、たまたま目についた通り沿いのコンビニに立ち寄った。スーパーは逆方向で、自宅アパートのすぐ近くまで来ており、戻るのが面倒だったからだ。

コンビニの駐車場に車を停《と》め、牛乳を買う。再び駐車場に戻ると、高校生らしき男女が数人、ライトの車の前にたむろっていた。

見た感じからして、不良というわけでもない、ごく普通の少年少女たちだ。コンビニのレジ横で売っているホットスナックや中華まんを手にしていて、学校帰りに友達同士で買い食いしつつ、他愛もないおしゃべりに興じているらしかった。

ライトも覚えがあるので、懐かしく思う。とはいえ、彼らはライトの車の真横にいて、そのままでは車に乗れない。

「ちょっと、どいてくれるかな」

なるべく角が立たないよう、優しく声をかけたつもりだ。少年少女たちが弾《はじ》かれたように腰を上げるのに、悪いね、と言葉も添えた。

しかし彼らは、返事ひとつせず、ライトにくるりと背を向ける。

「ヤバっ。ヤンキーじゃん」

「怖《こ》えー」

「ポリスメン呼ぶ？」

馬鹿にしたように囁《ささや》き合い、仲間内でクスクス笑う。ムッとしたが、相手にしても仕方がない。ため息をつき、ポケットから車のキーを出してロックを解除した。

ピッ、という電子音と共に、カチャリと車のドアが開錠する音。

異変は、その音を聞いたのとほぼ同時に起こった。

ライトが立っていた地面が突然、強い光を放ち始めたのである。あまりに眩《まぶ》しい光に、火事でも起こったのかと思った。

「はっ？　何？」

眩しさに目を腕で覆った時、先ほどの高校生たちの焦った声が聞こえた。と、同時に足元が揺れ、ライトは均衡を失い、その場に尻もちをつく。

「いてっ」

痛みにうめき、次に顔を上げた時にはもう、別の世界にいた。

コンビニも、駐車場に停めてあったライトの車もなくなっていた。

屋外ですらなく、薄暗く天井の高い広間のような場所にいた。カビと埃《ほこり》と、それに腐臭のような生臭さが入り混じって鼻を突く。

「えっ、何、どういうこと？」

「どこだよ、ここ」

先ほどの高校生たちが戸惑いの声を上げた。自分だけではない、彼らも一緒にこの奇妙な現象に巻き込まれたらしい。

よく見ると、石畳の床には彼らが食べていたホットスナックや中華まん、それに誰かが捨てたらしい煙草の吸殻や、コンビニのレジ袋などが落ちていた。

「あ、車の鍵」

少し離れた場所に、ライトの車のキーが落ちていて、慌てて拾い上げた。車はどこにも見当たらないけれど、大事なものだ。

「遠い異邦よりよくぞ参られた。——光の御子《みこ》たちよ」

その時、日本語ではない異国語のしゃがれた声が響いた。異国の言葉なのに、なぜか理解できる。

いや、ここに来てから高校生や自分が発したのも、日本語ではなかった。

（どういうことだ？）

ライトはあたりを見回し、そこでようやく、この広間にいるのが自分たちだけではないと気づいた。

自分と高校生たちの周りに、円を描くように火の灯《とも》った蠟燭《ろうそく》が並べられている。さらにその外周を、フードを目深にかぶった男たちが淡く光る香炉のようなものを持ち、ぐるりと囲んでいた。

蠟燭以外の明かりがなく、目を凝《こ》らして見ないとわからないが、フードの男たちのさらに奥、一段高い場所に、皺《しわ》だらけの白髪の老人が立っていた。

先ほどのしゃがれた声は、彼のものだったらしい。彼が高みから降り、こちらに近づいてくると、フードの男たちは音もなく道を譲り、老人の足元にひざまずいた。

「そなたらが訪れる日を長らく待ち望んでいた。多くの犠牲をもって、ようやく願いが叶《かな》ったのだ。四人の御子たちよ、ありがとう」

老人が咽《むせ》ぶように言い、高校生たちは戸惑った様子で互いに顔を見合わせる。

四人の御子。高校生たちは男女合わせて四人。老人は先ほどから、彼らに向かって言葉をかけているようだった。四人のすぐ脇にいるライトには、一瞥《いちべつ》もくれていない。まるでライトなど、この場に存在しないみたいだ。

その理由がすぐにわかった。

高校生四人の身体《からだ》に、ほんのりと光の粒のようなものが纏《まと》わりついていたのだ。

発光体が何なのか、ライトにはわからなかったが、じっとりとした薄闇の中、四人の身体だけが淡く神秘的に光っている。

けれどライトの身体には、何の変化もなかった。ライトの周りに落ちていたコンビニのレジ袋やゴミも同じだ。

光の粒を纏っているのが光の御子なら、何の変哲もないライトは何なのだろう。

どうして老人は先ほどから、ライトを無視しているのか。

嫌な予感がした。我知らず後退《あとずさ》った時、カッと老人が目を見開き、ライトを睨《にら》みつけた。

「御子たちの来訪を祝う宴《うたげ》を開こう。だがその前に、光の祝福から外れたゴミを掃除しなくてはな」

自分の身に何が起こったのか、理解するまでに時間がかかった。

けれど、状況を知ってもなお、どうして自分がこんな目に遭《あ》わなくてはならなかったのか、理由はわからない。

「なんでだよ。俺が何したって言うんだよ」

声を上げても、答える者はいない。先ほどまで看守がいたが、仲間に賭け事に誘われてどこかに行ってしまった。

ライトは今、湿った石の壁に囲まれた牢屋《ろうや》に閉じ込められている。

天井近くに小さな窓がついていて、時おり慰めのように外気が流れ込んできたが、陽《ひ》の光は差してこない。今が昼か夜かもわからなかった。

老人に睨みつけられた後、すぐさま武装した男たちが現れて、ライトを拘束した。

抵抗すると容赦なく殴られ蹴《け》られ、意識を飛ばしてしまった。気がついた時にはもう、牢屋に入れられていたのである。

だから、高校生たちがどうなったのか知らない。

ただ、このひどい扱いを受けているのはライトだけで、彼らは手厚く保護されているだろうことは、想像できた。

拘束されて意識を失う前、フードを被《かぶ》った男たちと武装した男たちの数人が、高校生たちを乱闘から保護するように庇《かば》っているのが見えた。

さらに庇われた高校生たちが、ライトに侮蔑と嫌悪の視線を向けていたのが、忘れられない。

身体の痛みに目を覚まし、牢に閉じ込められたと知って、ライトはわめき暴れた。看守は牢の外から長く尖った鉄棒でライトを突き、静かにさせると、この牢屋に閉じ込められた理由や、先ほどの老人の正体などをすべて語ってくれた。

といっても、親切心や、ライトの境遇を憐《あわ》れんだからではない。その逆だ。ライトを絶望させるために、わざわざ教えたのだった。

酒を呷《あお》りながら、ろれつの怪しい口調で看守が語ったところによると、ライトが今いるこの国は、ラガスクという人族の王国なのだという。

人族の、というからには、人ではない種族の国もあるのかと聞いたら、「何を当たり前のことを」と鼻で笑われた。

「獣臭い獣人や、気取ったエルフの国もある。俺は行ったことがないがね」

獣人、エルフ、と言われても、ライトにはピンとこなかった。

しかしこの世界には、人間の他に高い知能を持った異種族がいて、それぞれに国や文化を築いているらしい。

　異種族だけでなく、魔法も存在する。

　先ほどの皺だらけの老人はラガスクの王で、国の内外から魔術師を集め、召喚魔術の研究に心血を注いでいるそうだ。

「異界から、『光の御子』ってのを召喚するためだとさ。王様はその研究に、もう何十年と金を費やしてるんだ」

　光の御子とは、ラガスクに古くからある伝説で、エルフと同じかそれ以上に強力な魔術を操り、ラガスクを難事から救う運命にある少年少女たちのことだ。

　といっても、老王が御子を召喚したのは、国を救うためではなかった。ラガスク国内は年々重くなる税金で不景気が続いているが、御子を召喚するような国難は起こっていない。

　国王が強力な魔術を操る者を呼び寄せたのは、御子が軍事的に強大な戦力となり得るからだった。彼らをもって、資源豊かな隣国への侵略に打って出ようというのである。

「俺ぁ、ここに来る囚人どもから話を聞くからな。中には元大臣様だの、学者様だっていらっしゃったんだぜ。まあ、牢屋に入っちまえばみんな同じだがよ」

　看守は得意げに言い、ヒヒ、と下卑た笑い声を立てた。

　この牢には実際に罪を犯した者以外に、国王の野心を知りこれに反対する政治犯たちが、多く収容されていたらしい。今はいない。みんな処刑された。

「お前は運がよかったな。つい昨日、牢屋の囚人を残らず処刑したから、王様が首斬り役人たちに休息日をお与えになったのさ。そうでなかったら、今日中にお前の首を刎《は》ねていたところだ。あと二日は胴と首が繋《つな》がっていられるぜ」

つまり、ライトはあと二日の命だということだ。取り乱すライトをせせら笑い、看守は仲間に呼ばれて遊びに行ってしまった。

「なんで俺が……」

看守から話を聞いても、どうして自分が処刑されるのか納得できない。

ライトは、国王の召喚の儀とやらに巻き込まれたのだ。王が呼び寄せたかったのは、あの高校生四人だけだった。自分はたまたまそこにいただけ。コンビニの駐車場に落ちていたゴミと同じだ。

ゴミと違うのは、ライトが頭で考え、言葉を喋《しやべ》ること。何を吹聴《ふいちよう》するかわからないから、殺しておこうというわけか。

軍事強化のために人を拉致し、都合が悪くなると裁判も行わずに処刑するなんて、まともな国ではない。

「こんなところで、死にたくねえ」

元の世界に帰りたい。いいことばかりではないが、悪いことばかりでもなかった、平和な世界に。

「くそっ、死んでたまるかよ」

くじけそうになる心を叱咤《しった》し、ライトはどうにか牢から脱出できないかと考えた。手で壁をほじってみたが、硬くてすぐに指先から血が滲《にじ》んだ。

車のキーがあればそれで試したのだが、ここに閉じ込められる前、看守に奪われてしまった。珍しい異世界の品は、高値で売れるらしい。

壁を登って窓まで行ったとしても、小さすぎて通れそうにない。牢の入り口は堅く閉ざされている。

「くそ……くそっ」

すぐに策は尽きた。看守はいつまで経《た》っても戻って来ず、食事が与えられる気配もない。牢にあるのは、木の椀《わん》に入った汚れた水だけだ。

喉が渇いて渇いて、我慢できずに汚水をすすった。何とも言えない生臭い味と匂いに、すぐさま吐き出す。

「う……ううっ」

このまま死を待つだけなのか。こんなわけのわからない、惨めな末路を遂げなければならないほど、自分は何か悪いことをしたのだろうか。

泣いてもわめいても、事態は変わらない。死の恐怖に加え、喉の渇きと空腹がライトの心を黒く塗りつぶした。

牢屋の片隅にうずくまり、震え泣き咽びながら、それでもいつの間にか、うとうとと微睡《まどろ》んでいたようだ。

しばらくして、誰かが怒る声が聞こえ、ビクッと飛び上がって目覚めた時、明かり取りの窓からはうっすらと陽射しが差し込んでいた。

「隠しても無駄だ。ここに、召喚の儀の迷い人が入れられていることはわかっている。今すぐ解放しろ」

男の声だった。怒りに満ちているが、決然としていて理性を感じさせる。召喚の儀の迷い人、というのはライトのことだろう。

誰だか知らないが、ライトが牢に入れられたことに抗議しているのは確かだった。

「邪魔だてするなら、力ずくで通る」

凛《りん》とした声の後、カツカツと足音がして、やがて牢の扉にある監視窓から、誰かの顔が覗《のぞ》いた。声の主だと直感的にわかった。

小さな監視窓からは、相手の全貌が見えない。けれど、深い緑色をした切れ長の双眸《そうぼう》は、先ほどの理知的な声のイメージにぴったりだった。

「た……助けてくださいっ、助けて！」

ライトは戸口に駆け寄り、助けを求めた。このチャンスを逃したら、もう後がない。

「俺、いきなりここに呼ばれて、牢屋に閉じ込められて……」

「お前は、異世界から来た者か？」

「そうだよっ。一緒に呼ばれた高校生たちは、光の御子とか呼ばれて歓迎されたのに、俺だけこんな……」

ライトが必死で訴える扉の向こうで、男が「早く扉を開けろ」と命令するのが聞こえた。看守がブツブツ文句を言い、鍵穴に鍵を差す硬い音がする。

重い扉がようやく開いた時、ライトは我慢できずに飛び出した。扉のすぐ向こうに立っていた誰かに、勢いよくぶつかる。

ライトよりずっと背が高くて、逞《たくま》しい身体だった。

「うわっ」

「落ち着きなさい。もう大丈夫だ」

相手は、パニックになって慌てるライトの肩を摑《つか》む。先ほどの声の人だ。そこでようやく、ライトは声の主の姿を見ることができた。

「あ……」

男を見上げて、思わず声を漏らした。

ライトの身長は百八十センチ近くあるが、目の前の男はそれよりも、頭一つ半ほど背が高かった。かなりの長身だ。

そんな、見上げるような長身の男は、真っ白な髪を長く伸ばし、見惚《みと》れるような美しい顔立ちをしていた。一瞬、女性かと思ったほどだ。

身体つきも顔の輪郭も精悍《せいかん》で、決して女性と見間違えることはないが、性別を超越した美貌の持ち主だった。

年齢は、三十代の半ばか後半くらいだろうか。けれどよく見ると、それより年がいっているようにも、またうんと若いようにも感じ、判断がつかない。

身に纏う衣服は、白地に銀糸をあしらった、くるぶしまである長衣で、足元は上品な刺《し》繍《しゅう》を施した白色の靴を履いている。

その装いがカビ臭い牢に似つかわしくない、相当に高貴ないで立ちだということは、異文化圏のライトでもわかる。身分の高い人なのだろう。

ライトはまじまじと相手に見惚れ、彼の耳が変わった形をしていることに気がついた。人間と何ら変わりがないのに、そこだけが奇妙に長く尖っている。昔、ファンタジー映画で見た「エルフ族」によく似ていた。

そういえば看守も、この世界にはエルフが存在していると言っていた。これが、そうか。

「エルフ……？」

思わず口を突いて出た。男はクスッと笑う。

「そんなに珍しいか？　今朝会った、お前と同じ世界から来た子らにも、エルフだエルフだと騒がれた。指輪を拾って捨てる物語がどうとか」

おかしげな口調から、あの高校生たちが無事で、それなりに平和な境遇にいるのだとわかった。少なくとも、ライトのような扱いは受けていないはずだ。

「もう大丈夫だ」

こちらの複雑な表情を見抜いたのか、エルフの男は笑顔を消すと、ライトを慰めるように優しく語りかけた。

「遅くなってすまなかった。これから、私がお前を保護する」

「保護……？」

そうだ、と男はうなずいた。ライトの肩を優しく撫《な》でる。それから、手にしていた何かをライトに握らせた。

「これはお前の鍵だろう？　返しておこう」

車のキーだった。看守に奪われたのを、彼が取り返してくれたのだろう。今となっては役に立たないものだったが、それでも元の世界の、ライトの持ち物だ。

お守りが戻って来たような気がして、車のキーをギュッと握りしめた。

「怪我《けが》をしているな。手当てをしよう。それに、飲み物と食べ物を……」

エルフの男に促され、ライトは慌ただしく牢屋を出た。

ライトの救出は、このエルフの独断によるものらしい。牢を出ると幾人もの兵士らしき武装した男たちがいて、物言いたげにエルフとライトを見比べていた。

「――チッ。うまいことやりやがって」

看守がすれ違いざま、舌打ちする。ライトを睨む、憎悪に満ちた目にゾッとした。薄暗く不潔な、じめじめとした牢屋にいるのは、看守も同じだ。囚人と違うのは、サボって外に出られることだけ。自由になったライトを妬《ねた》んでいるのかもしれない。しかしライトにしてみれば、不当に投獄されていたのだ。恨みこそすれ、恨まれる筋合いはない。

ともかく自由だ。いや、まだ安心はできないけれど。

エルフはライトを伴って、牢獄の長い階段を上り、簡素な小部屋に連れて行った。

「粗末だが許してくれ。急なことで、王城の客間を用意させることができなかったのだ」

申し訳なさそうにエルフが言った。

確かに部屋は狭く、小さなテーブルと椅子が一脚、それに硬い粗末なベッドが置かれているだけだ。けれど汚水をすすり、湿った床でネズミに齧《かじ》られそうになりながら眠っていたことを思えば、天国のようだった。

空腹だったし、とにかく喉が渇いていた。牢屋での境遇を訴えると、エルフはすぐさま人を呼びつけ、取っ手つきの瓶いっぱいに汲《く》んだ冷たい水、真っ白でふわふわのパンと、野菜と肉の入ったスープを持って来させた。

周囲の人々の態度からして、やはりエルフはかなり高い身分にあるようだった。

ライトは出された水を飲み、夢中で食事をした。嬉《うれ》しくて涙が出た。

特に冷たく清涼な水は、こんなに美味《おい》しい飲み物があったのかと感激したほどだ。パンは柔らかく、スープも薄味だったが美味しかった。

飢えと渇きに周りを気にする余裕もなかったが、ライトが食事を終えるまで、エルフは何も言わず、テーブルの傍らに立って待っていてくれた。

「怪我の手当てをしよう。見たところそうひどくはないが、まだ痛むだろう」

やがてライトがすっかり満足した時、優しく声をかけられた。

「あ……すみません」

ずっと待たせていたのだと、ようやく気づく。自分がガツガツと、みっともなく飲み食いしていたのを思い出して、恥ずかしくなった。

「いいや、苦労をかけたな」

まるで咎《とが》は自分にあるとでも言うように、エルフは苦い顔をする。

いったい彼は、何者なのだろう。この国は人族の治める王国だと聞いたから、王族ではないのだろう。しかし、周りの人々は彼を王様のように恭《うやうや》しく扱っていた。

「しかし、いくら牢獄とはいえ、ろくに水も飲ませないとは……いや、すまない」

エルフは牢の待遇を憤り、こちらの視線に気づいて我に返った。

「傷の手当てをしなければ。殴られたのか。可哀想《かわいそう》に」

白く美しい手が伸びてくる。力強さを感じさせる男の手だが、傷一つなく無骨とは無縁だった。

(綺麗《きれい》だな)

ライトは改めて、目の前の男の美しさに気づき、見入った。尖った耳もそうだが、ライトの世界にはなかった、異種族の持つ美しさだ。

「……様。恐れながら……し上げます。……様」

男の指先がライトに触れる直前、小部屋の外で声がした。ボソボソとした声で、よく聞こえない。しかし、エルフの尖った耳には聞こえたのか、男は「失礼」とライトに断り、すぐに身を翻した。

ドアを開けると、戸口の前に立つ人の顔がちらりと見えた。「陛下が……」とか、「至急」という単語が聞こえる。怯《おび》えたような、泣き出しそうな声なのが気になった。

「わかった。ありがとう。お前たちは何も心配することはない」

エルフはライトにしたように、慈愛に満ちた声で言い、相手の肩にそっと触れた。彼はきっと、誰にでも優しいのだろう。そのことに一抹の寂しさを覚えるのは、自分が弱っているせいだ。

「すまない。人に呼ばれて、どうしても行かなければならなくなった。しばらくここで、休んでいてくれないか」

エルフは振り返り、言いにくそうにライトに告げた。彼の態度から、何かよくない事態が起こっていることは、うっすら理解できた。もしかして、ライトを牢獄から出したせいで、彼も咎めを受けるのだろうか。

不安が顔に出ていたのだろう。エルフはなだめるように、ライトに優しい顔を向けた。

「大丈夫。少し話をしたら、すぐに戻ってくる。ただし、私が戻るまでここにじっとしていてくれ。いいね？」

まだすっかり自由の身、というわけではないらしい。ここを出てどこへ行く当てがあるわけでもなく、ライトはこくりと大きくうなずいた。

「ありがとう。戻ったら、今度こそ傷の手当てをしよう。そういえば、お互いに名乗っていなかったな。私の名はグウィンという」

「グウィンさん。俺は、大貫光明です。ライトと呼んでください」

「ライトか。わかった。私のこともグウィンでいい」

小さく微笑《ほほえ》まれ、なぜかドキッとしてしまった。

「ではまた後で」

優雅に会釈をして、グウィンは去って行く。扉が閉まるのを見送って、ライトはそっと息を吐いた。あまり立て続けにいろいろなことが起こるので、頭がついていかないのだ。

「疲れた」

席を立ち、隣の簡素なベッドに倒れ込む。牢獄ではろくに眠れなかった。グウィンが戻るまで、少し眠ろう。

身体に牢屋のすえた匂いが染みついているのが気になったが、今はどうすることもできない。グウィンが戻って来たら、相談しようと思った。

(この世界、風呂とかあるのかな)

目をつぶると、すぐに眠気が襲ってくる。

戻って来たら傷の手当てを、とグウィンは言った。けれどそれきり、約束が果たされることはなかった。


町には冷たい風が吹いていた。季節は秋らしい。空気は乾いて埃っぽく、大きく息を吸うと、途端に咳《せ》き込んでしまう。

「さっきからうるせえな。こいつ、病気持ちじゃねえのか」

隣で廃材を運んでいた大柄な男が、迷惑そうに顔をしかめた。苛立《いらだ》ったダミ声を聞くだけで、ライトは殴られないかとビクビクしてしまう。

ごみ処理場で働く日雇いの男たちは、みんなライトより身体が大きく、しかも気の短い連中ばかりだ。ちょっとしたことですぐ喧嘩《けんか》になる。もっとも、そんな連中だからこそ、まともな仕事にありつけず、きつくて汚いこの仕事場に流れ着いたのだろう。

それでも以前のライトだったら、自分より体格のいい荒くれ者が相手でも、臆することはなかったはずだ。

十代は喧嘩に明け暮れた頃もあったし、腕っぷしにも少しは自信がある。相手の暴力に怯えて何もせず引き下がるなんて、考えられないことだった。

本当の意味での理不尽、世の中の不条理を、かつての自分は知らなかったのだと思う。元いた世界では実感がなかったが、自分は確かに、それなりの法と秩序に守られていた。でも今は違う。ライトを守るものは何もない。道を歩いていて、いきなり刺されても誰も何もしてくれない。ここはそんな世界だ。

牢屋からライトを救い出してくれたグウィンとは、二度と顔を合わせることはなかった。あの後、部屋を出た彼がどうなったのか、わからない。

ライトはあの部屋で微睡《まどろ》んでいたところを突然、何者かに拘束され、今度はどこかわからない深い森の中に捨てられた。

汚いズダ袋に入れられて、そのまま放置されたのだ。手足は自由だったが、袋の口はきつく縛られ、しばらくは自分がどこにいるのかもわからないまま、もがき続けた。

そのうち袋が、尖った木の枝か何かに刺さって破れ、その破れ目を裂いてどうにか這《は》い出した。あたりは目を開けているのかどうかもわからないくらい真っ暗で、草木と湿った土の匂い、それにフクロウの鳴く声を聞いて、森の中らしいと見当をつけたのだった。

グウィンに取り返してもらった車のキーは、またなくなっていた。それどころか服を脱がされ裸で放り出された。

おそらく、これも国王の仕業だろう。ライトを牢屋に閉じ込めて、人知れず処刑しようとしたのに、グウィンに阻止されてしまった。

それでグウィンを呼び出している間に、ライトを始末しようとしたわけだ。

森の奥深くへ連れて行かれ、後ろから殴られて気絶している間に、身ぐるみを剝《は》がれていた。目を覚ますと、ライトを拉致した連中はいなくなっていた。

なぜ森で殺されなかったのか。単に面倒になったのか、手を汚すのを嫌ったのかはわからない。

ひとまず命だけは助かったのだが、決して楽観できる状況ではなかった。

方角もわからない、森の奥深くに何も持たずに放り出されたのだ。しかも裸のままで。

自分がまるで獣になったみたいな気分だった。

それでも死にたくない一心で、森から出ようと必死に歩いた。

裸で寒いし、食べ物も水もない。夜は目を開けているのかもわからない闇で、獣に襲われるのではないかと怯え、ろくに休むこともできなかった。

（どうして……どうして俺だけ。俺ばっかり……こんな目に遭わなきゃならないんだ）

なぜグウィンは、最後までライトの面倒を見てくれなかったのだろう。助けてくれた相手に対しても、恨みが募った。

森というより樹海の中で、それでも諦めず動き続けた自分の原動力が何であったのか、ライト自身もよくわからない。

絶望に打ちひしがれながら、草木についた朝露をしゃぶって渇きを潤し、若草や木の実を齧って飢えを誤魔化した。

森を抜けて人里に出ることができたのは、本当に奇跡だった。

三日三晩、しるべもなく森を彷徨《さまよ》い、森の外れの村に辿《たど》り着いた。

村人全員が痩せ細って栄養失調の、貧しい村だ。

日々の食事にも事欠くようだったが、それでも森から迷い出てきたライトに、井戸の水と着るものを与え、薄い粥《かゆ》のようなものを飲ませてくれた。

ずっと災難続きだった身に、村人たちの親切は涙が出るほどありがたかった。しかしだからこそ、長居をすることは気が引けた。ライトが留《とど》まれば、食い扶持《ぶち》が増える。

村を出て街道を二日歩けば、もう少しましな町があると聞き、すぐに向かった。

それが、今いるこの町だ。ラガスク王国の辺境と言われる北端の町だが、炭鉱のおかげでそれなりに活気があり、方々で食い詰めた流れ者が集まってくる。

ライトもどうにか、ごみ処理場の仕事にありつけたが、環境は劣悪だった。

ごみ処理とは名ばかりで、現代日本のように処理施設があるわけでもなく、毎日運ばれてくるゴミをうず高く積んでいくのが仕事だ。ゴミの山は人の背丈の何倍にもなるから、山が崩れて巻き込まれることもある。運がよければ自力で這い出るが、そうでなければゴミで窒息死だ。

危険と隣り合わせなのに、日当はほんの雀《すずめ》の涙ほど。要領のいい労働者は、ゴミから売れるものを見つけてよそに売り、いくばくかの利益を得る。

しかし、価値のあるゴミなどそうそう見つからないし、もし見つかったとしても、自分より強い相手に奪われるだけだった。

最初はライトも、荒くれ者を相手に立ち回ろうとした。売れるものを見つけて死守したが、それを売っていくらかの金を得た後、数人の男たちに襲われて袋叩《ふくろだた》きにされた挙句《あげく》、有り金をすべて奪われた。

怪我で一日動けず、食事にもありつけず、路地の隅でうずくまることしかできなかった。

それきり、心が折れて元に戻ることはなかった。

頑張ろう頑張ろうと懸命に起き上がれば起き上がるほど、それより強い力で叩きのめされ、ねじ伏せられる。もういっそ、起き上がらないほうがましではないか。

以来、ライトは身体も心も低くして、何者にも抗《あらが》わずに生きている。

そうすると、今度は周りに舐《な》められる。最初はいきがっていたから余計に目をつけられるのだ。馬鹿にされ、小突かれ、時には金をむしり取られることもあった。

町に来て半月と経たないうちに、ライトは枯れ木のように痩せ、次第に意識も朦朧《もうろう》とし始めた。袋叩きにされた時に怪我を負った足は治ることなく、今も引きずっている。

両手はボロボロで、指先が割れて血が滲んでいた。その傷口が数日前から膿《う》み始め、日ごとに悪化している。

それと日を前後して咳き込むようになり、身体は熱を持つようになった。今朝はブルブルと震えるほど寒くなり、足元がふらつく。

早晩、自分は死ぬだろう。悔しいと思うことすら、もう面倒だった。

早く楽になりたい。でもできれば、その前に何でもいいからお腹いっぱい食べたかった。

「ぼさっとしてんじゃねえっ。サボるなら銭はやらねえぞ」

ゴミ捨て場の隅で、しばらく立ち尽くしていたらしい。監督係に見つかり、殴られた。

その場に倒れるライトを、監督係は鬱憤を晴らすように何度も蹴り上げる。鳩尾《みぞおち》に蹴りが刺さり、激しく嘔吐《おうと》した。

「汚えな。もうてめえはクビだ、クビ」

チッと忌々《いまいま》しげに舌打ちし、あっさり解雇を言い渡す。なぜ、などと問うのは愚かしい。

ライトよりこの男のほうが力がある、ただそれだけだ。

「とっとと出て行きやがれ。あとで俺が来た時にまだいやがったら、ゴミの山に放り込んでやるからな」

言うだけ言って、監督係は去って行った。ライトものろのろと身を起こす。監督係の言葉は脅しではない。どうせ死ぬにしても、ゴミに埋もれて死ぬのは嫌だった。

ごみ処理場を出て、近くの水場へ向かった。喉が渇いて、余計に咳《せき》が出る。けれど井戸の水を汲もうとした途端、近くで洗濯をしていた女たちに「触るんじゃない」とヒステリックにわめかれた。

「あんた、ごみ処理場にいる奴だろう。汚い手で水場に触るんじゃないよ。病気がうつっちまうだろうが！」

ごみ処理場の労働者は、この町の最底辺だ。嫌われ者なのは知っていた。今までもライトが水場に来ると睨まれた。今日は特に弱っているから、強気に出ても大丈夫だと判断したのだろう。

言い返す気力もなく、ライトは黙って水場を後にした。どこに行く当てもない。だが気づくと、ふらふらと町の外れへ歩いていた。

この町は嫌いだ。ここで死にたくない。野垂れ死ぬなら、別の場所がいい。

最期の死に場所を求めて、ライトはただ歩いた。立ち止まったらもう歩けない。足が動かなくなったらそこが、死に場所なのだ。

町の外で死にたい。ライトを動かしているのはただ、その思いだけだった。

やがて町の外れに行き着いた。申し訳程度に立てられた木柵の向こうに、街道が伸びている。毎日頻繁に往来があり、町と街道とを隔てる木戸は、昼間は開け放たれていた。

「邪魔だ！」

声と共に後ろから突然、突き飛ばされた。ライトは反動で転がってしまう。

「のろのろ歩くんじゃねえ」

大きな荷物を背負った男がライトに向かって怒鳴り、道につばを吐いて行った。

町の出入り口まで、あと数メートルといったところだった。

（これで、終わりか）

立ち上がる力は残っていない。這いずるようにして道の端に移動すると、諦めてごろりと横になった。

町中でも、朝になるとたまに路上で人が死んでいた。自分もそのうちの一人になるだけだ。明日には、さっき立ち去ったばかりのごみ処理場に運ばれるだろう。

目をつぶると、身体と気持ちが少し楽になった。これでもう、苦しみから解放される。

うつらうつらするライトの脇を、時おり人々が行きかう。どれくらい経ったのか、街道のほうから馬のひづめの音が聞こえた。

馬は珍しくない。この町では馬に荷を運ばせているのを、よく見かける。

ぽくぽくと一頭分の足音がライトの横を通り過ぎ、すぐに止まった。馬から人の降りる物音と気配がしたが、ライトにとってはどうでもいいことだった。

そのまま再び微睡もうとした時、間近で声がした。

「……ライト」

男の声だ。静かで物柔らかな声音。

ハッとして、目を見開く。陽の光に一瞬、目がくらんだが、こちらを見下ろす男の姿が見て取れた。

肩に流していた髪は結わえられ、服も以前見た時より簡素だったが、白い美貌を見間違えるはずがなかった。

(グウィン……)

どうしてここにいるのか。幻かもしれないと何度も目を瞬《しばた》いた。グウィンもまた、驚きに目を瞠《みは》っていた。

しかし、ライトにもはや声を発する余力さえないと気づくと、ライトの前に膝を折る。抱き起こされて、美しい顔が近づいた。

「ライト。探し出すのが遅くなってすまない」

グウィンは、出会った時のように「もう大丈夫だ」とは言わなかった。軽々しく口にできないくらい、ライトは弱っているのだろう。

けれどそう、グウィンはずっとライトを探してくれていたのだ。

この世界でただ一人、自分を気にかけてくれる人がいた。どこにいるともわからない自分を探し続けてくれた。

その事実に気づき、ライトはふっと心が軽くなるのを感じた。ずっとこの世界を恨んでいたけれど、最後の最後に優しさと温《ぬく》もりに触れることができた。

彼の温かく逞しい腕に抱かれて死ぬのなら、そう悪い最期ではない気がする。

「……グウィン」

「ライト。今、助けてやる。気を確かに持て」

心穏やかなライトとは反対に、グウィンの声は悲愴《ひそう》だった。不意に眠気が襲ってきたが、身体を揺すり起こされた。

「ライト、ライト。お前を死なせはせんぞ」

必死な声が聞こえたが、ライトはもうその気持ちだけで十分だと思った。

声は次第に遠くなり、やがて完全に途絶えた。

グウィンの話では、それから十日ほど、ライトは生死の境を彷徨い、意識も朦朧としていたらしい。

衰弱しきっていて、もう一歩でも遅かったら死んでいたところだと、グウィンは沈痛の面持ちで語った。

ライトが再び意識を取り戻した時には、もう炭鉱の町からは遠ざかり、ラガスクの国境さえ越えて、隣国の片田舎の町に辿り着いていた。グウィンがライトを介抱しながら、馬車で運んでくれたのだ。

衰弱の度合いを考えれば、馬車で移動するより町に留まって回復を待つほうがよかったが、ライトは朦朧としながらもしきりと、「町を出たい」と繰り返していたのだという。

覚えていないが、確かにあの町の外で死にたいと思っていた。グウィンは律儀に、ライトの言葉を聞き入れてくれたのだ。

「お前の様子を見れば、あの炭鉱の町でひどい目に遭ったことはわかる。まともな宿もないし、お前が生きていると国王に知れたら、いつ追手がかかるとも限らない。とにかくラガスクを出たほうがいいと思った」

今いるこの町は、炭鉱の町から馬車でわずか三日の場所にある。

距離はさほど離れていないが、国境さえ越えてしまえば、ラガスク王の手が直ちに及ぶことはないという。それを聞いて、ライトは心の底から安堵《あんど》した。

ライトが意識を取り戻した時に寝かされていたのは、町にある宿屋の一室で、グウィンは獣人の中年女性を雇い入れ、ライトの身の回りの世話をさせていた。

「メウドゥーイ様が身体の悪いところを治療してくださったから、もう大丈夫ですよ。あとはもう、食べて寝て、体力が戻るのを待つだけです」

獣人の女性はおしゃべりだが、よく気がついて何くれとなくライトの世話をしてくれた。女性の言う、メウドゥーイが何かわからなかったが、何かの敬称だろうか。

ともかく、グウィンが何がしかの治療を施してくれたおかげで、手足の傷は綺麗に治り、咳もいつの間にか取れていた。

意識がはっきりしても、ライトはさらに半月ほど床《とこ》の中にいた。

寝て、起きて食事をして、また眠る。合間に獣人の女性が身体を拭いてくれたり、世間話をして退屈を紛らわせてくれた。

グウィンはライトと同じ部屋に寝泊まりしていたが、日中はどこかに出かけていることが多かった。陽が沈む頃になると戻って来て、ライトと一緒に食事を摂《と》ったり、獣人の女性にライトの体調を確認したりする。

ライトが起きている間はほとんどいないので、彼が何者なのか、なぜライトにここまでよくしてくれるのか、ゆっくり話を聞く間もなかった。

ようやく二人きりで込み入った話をするようになったのは、ライトが床を払い、自力で日常生活が送れるようになってからだ。

国境を越えて半月以上が経ち、ライトが異世界に召喚されてからひと月が経っていた。

「そういえば、この世界の常識も何もかも知らされないまま、放り出されたのだったな」

メウドゥーイとは何か、とライトが尋ねたのがきっかけだった。

夕食の時間だった。獣人の女性はライトが回復したので、昨日から来なくなった。

まだ身体が万全ではないライトのために、宿屋の女中が持って来た料理をテーブルに配膳したり、水のおかわりを持って来たりするのは、グウィンの役目になっていた。

グウィンはいったい、何者なのか。宿屋の従業員や獣人の女性はグウィンを「メウドゥーイ様」と呼び、畏敬の念を持って接している。

ラガスクの王城でも、相当に高い地位にあるようだった。ライトを助けたのだから、国王に逆らったということだろう。彼に危険は及ばないのだろうか。

身体に健康が戻ると、ようやくあれこれと周囲を気にする余裕が出てきた。自分の今後の身の振り方も考えなければならない。

元の世界に戻りたかったが、そう簡単なことではないらしいというのは、当初からわかっていた。

ラガスク王から逃げつつ、元の世界に戻る方法を探すのだから、一朝一夕にはいかないだろう。この世界でしばらく生きていくつもりで、考えなければならない。

おそらくライトが知りたいことの多くを、グウィンは知っているはずだ。あれもこれも聞きたいと考え、最初に尋ねたのが、「メウドゥーイとは何か」だった。

「メウドゥーイとは、隠者のことだ。隠者とは本来、世俗を離れて暮らす者の意だったが、今は魔術師を中心とする慈善活動団体、というような意味合いになっている」

肉と野菜たっぷりの煮込みを食べながら、グウィンがこの世界のそもそもの常識から、丁寧に教えてくれた。

魔術師は、この世界では僧侶や医師のように、人々から尊敬される存在なのだそうだ。

それは魔術というものが、生まれながらに素質を持った者のみ使える神秘の技だからで、国や時代、種族によっては、素質があるというだけで権力者に囲い込まれることがあるという。

「ラガスクもその一つだな。そもそも人族は、魔術にこだわる者が多い。素質に恵まれた者とそうでない者の差が顕著な種族だからだろう」

種族によって、魔術の素質の有無は大きく変わる。この素質は親から受け継ぐ、つまり遺伝的なものが多いのだそうだ。

獣人族は魔術の素質がない者が圧倒的に多い。ドワーフ族と人族は、魔力の多い者と少ない者の確率は半々で、けれどドワーフ族は、素質の有無にはあまりこだわらない。

獣人もドワーフも、魔術以外に優れた素質があるからだ。身体能力だったり、手先の器用さや物を新たに創造する才能だったり。

人族はエルフと同じくらい身体が脆弱《ぜいじゃく》で、寿命は獣人と同じくらい短い。他に縋《すが》るものがないから、魔術の素質にこだわるのだろうと、グウィンは言う。

その口調はいささか辛辣で、彼が私的な感情を見せることは滅多になかったから、ライトは驚いた。

「グウィンは人族が嫌いなんだな」

なのにどうして、自分を助けてくれたのだろう。嫌味ではなく純粋に疑問に思っただけなのだが、グウィンは失言した、というように気まずそうな顔をした。

「すまない。お前も人族なのに。ただラガスクでの生活は、あまりに不愉快なことが多かった。つい辛辣になってしまったが、人族が嫌いなわけではないし、人族の治める国みながああではない」

この世界の基準から言っても、ラガスクの王政は横暴であるらしい。それを聞いて、ライトはホッとした。世界中があんなふうだったら、絶望しかない。

「魔術の素質の話だったか。我々エルフ族は、他の種族に比べて魔力が強い者が多い。エルフ族はほとんどすべて、素質を持って生まれる。もちろん何事にも例外はあるが」

そのため、エルフという種族では古くから、魔術が盛んだった。技術力も高い。

魔術師と一口に言っても、その性質や魔力の強弱は様々だが、世の大魔術師と言われる魔術師のほとんどはエルフ族だ。国によっては、魔術師がエルフの別称であったりもする。

「私はここからずっと西に離れた、とあるエルフの国の出身だ。我が国のエルフ族は特に、魔力の高い者が多くてな。古くから魔術研究が盛んで、多くの優れた魔術師を輩出してきた。魔術師は私欲のみに魔術を用いるにあらず、魔術によってこの世界の人々に貢献すべし……というのが、我が国の教えだ」

グヴィンは自国について、淡々と語る。その由来からして、古く歴史のある国なのだろう。しかし、その口調に得意げなところは微塵《みじん》もない。国の教えを大切にしている、そんな真面目さが垣間《かいま》見《み》えた。

「エルフは長命だ。また、他の種族ほど老いが顕著ではない。死ぬまで現役で働き続けることもできるが、それはあまりに味気ない。エルフ族全般に、一定の年になったら一線から退く慣習があるのだが、身体は元気だからな。余生に魔術を用いて、何か別の仕事をしようという者が現れた」

それが隠者の始まりだという。自分たちがそれまでに帰属していた社会のしがらみから離れ、魔術により人々に貢献する活動を行う。

それは医療行為であったり、産業支援だったり形は様々だが、多くは己の利益を顧みない慈善活動だった。

第二の人生というものか。定年後のアクティブ・シニアがボランティアに勤《いそ》しむというのは、ライトのいた世界でもあった。

ともあれ、こうした活動によって多くの人々が救われ、またこの活動を支持賛同する魔術師たちが、現役引退後に活動に身を投じるようになった。

かつては個々での活動が多かったのが、次第に同じ志や目的を持った隠者たちで組織化され、組織間のネットワークも形成されるようになった。隠者たち、あるいは隠者たちの組織は、時には組織を越えて協力し合い、世界に貢献している。大いなる慈善集団というわけだ。

こうして隠者、メウドゥーイの存在は世界に広く知られ、人々の尊敬を受けるようになるのである。

「ってことは、グウィンも現役を引退した魔術師なのか」

テーブルの向かいに座る美貌を、ライトは改めて眺めた。間近に見ても、彼の外見は若い。せいぜい三十代の半ばといったところだ。

しかし、人族に比べてエルフ族は長命で、それほど老いを感じさせないのだと言う。見た目どおりではないのだろう。

「あんた、本当はいくつなんだ?」

気になって、思わず聞いてしまった。グウィンはその問いに、小さな子供のいたずらを咎めるように、大きく眉を引き上げた。

「さて、いくつだろうな。エルフに年を聞くものではない」

はぐらかされてしまった。

「余計に気になるよ」

唇を尖らせると、グウィンはクスッと笑った。

彼が笑うのを見るのは、初めてだ。いつもあまり感情の見えない、しかつめらしい顔ばかりしていたのだ。

こんな表情もできるんだな、と、貴重なものを見た気分になる。

「お前の言うとおり、私は現役を引退した魔術師だ。隠者として活動する中、ラガスクには魔術顧問として招かれていた」

その表情が苦いものに変わる。

「ラガスク王は何十年も前から召喚魔術の研究にこだわり、世界中から高名な魔術師を雇い入れていた。もっとも、人族の魔術師ばかりだったが。彼が私欲のために召喚魔術を使いたがっているのはわかっていたから、エルフ族の魔術師たちは王の誘いを断っていた」

「でも、あんたは応じたんだよな」

ラガスク王が他国侵略を狙っていたことも知っていた。王のやり方を快く思っていないようなのに、なぜ魔術顧問になったのか。

「召喚魔術を極めたいから、というのが表の理由だ。魔術の中でも、異世界から生物を呼び寄せるのは高度な技術を要するからな。しかし本当は、ラガスク王の行動を監視するのが目的だった」

召喚魔術は、エルフの魔術研究をもってしても未解明なことが多く、また過去に召喚魔術が失敗し、召喚に用いられた魔力によって甚大な事故が起こったケースがある。

ラガスク王が召喚魔術に心血を注いでいるのは、メウドゥーイたちの中でもよく知られていて、問題になっていた。

「何が起こるかわからないのが召喚魔術だ。たとえ成功してもいい結果にならない。召喚魔術を実行させないというのが、私の使命だった」

自分の行いを悔いるように、ぐっと拳を握り唇を噛《か》む。表向きは協力するふりをして慎重に、召喚魔術を実行させることのないよう、状況を操作していた。

わけあってエルフの国を追われた魔術師、という体《てい》で、メウドゥーイであることは隠して潜伏した。

「しかし、そうした私の思惑を、ついにラガスク王に気取られてしまった。お前がこの世界に呼び寄せられたあの日、私はラガスク王に騙《だま》され、王城を留守にしていたのだ」

慎重に慎重を重ねたつもりだったが、ラガスク王は蛇のように狡猾《こうかつ》な男だった。

グウィンの思惑に気づいた素振りを見せず、王城から遠く離れた場所におびき寄せた。

そうしてグウィンが城を留守にしている間に、王は他の魔術師たちと共に、召喚魔術を強行したのである。

高難度の召喚魔術が成功したのは、奇跡的な確率だったそうだ。

その奇跡に、さらにたまたま、ライトが巻き込まれた。

一方、グウィンは王に騙されたことに気づき、急いで城に戻った。そこで、異世界から少年少女たちが召喚されたことを知る。

そのことにも驚いたが、召喚の対象ではなかった人族の青年が巻き込まれ、城の牢に幽閉されているというではないか。しかも、処刑を待つ身だという。

魔術顧問の権限で無理に牢を開かせ、ライトを救い出した。王に進言し、ライトの処刑を撤回させるつもりでいた。

まさか王が、ライトをそこまで徹底して排除しようとするとは思わなかったのだ。

ライトはただ巻き込まれただけだ。けれど王にとっては、余計なことを知る者という以前に、神聖なる光の御子の召喚に交じった忌々しい異分子だったらしい。グウィンを呼び出した時、ライトのことを汚らわしい虫、と呼んでいたらしい。

「あのジジイ。狂ってるな」

「私の至らなさが招いたことだ。本当に申し訳なかった」

グウィンが深々と頭を下げたので、ライトは慌ててしまった。

「いや、そういうのはやめてくれよ。あんたは俺を助けてくれたじゃないか。グウィンがいなかったら俺はもう、死んでたんだし」

森に捨てられた時、グウィンを逆恨みしたこともあった。でも彼はこうしてまた、ライトを助けてくれたのだ。

「それより話を聞かせてくれ。俺、あんたに牢屋から助けられた後、いきなり森に捨てられたから、何がどうなったのかわからないんだ」

ライトが言うと、グウィンは一瞬、痛ましそうな顔になった。ライトがあの後どういう経緯を辿ったのか、すでに話してある。それを思い出したのだろう。

すまない、ともう一度謝罪を口にして、グウィンはあの時のことを教えてくれた。

「あの時、王が私を呼んだのは、お前と引き離すためだったのだ。お前の今後の身の振り方を進言したが、のらくらとかわされ、再び戻った時にはもう、お前はどこかに連れ去られた後だった」

王はライトを拉致した者たちに、二度とグウィンの邪魔が入らないよう、遠くへ連れて行って殺せと命じたようだ。

たまたまその中にグウィンの息のかかった者が一人だけいて、その者の誘導でライトは殺されずにすんだ。

ライトが捨てられた場所は慣れた者でも迷うという樹海で、たとえとどめを刺さなくても、身ぐるみを剝いで放り出せば生きては帰れまい、と言えば他の仲間も納得した。

実際、ライトが自力で森を抜け出せたのは奇跡だった。

話を聞いたグウィンは、すぐさまラガスクの魔術顧問を辞し、ライトが捨てられたという場所へ急いだ。

「俺のために、そこまでしてくれたのか」

「お前のためというより、私の責任だ。召喚魔術の実行を阻止できなかったばかりか、お前を二度までも辛《つら》い目に遭わせてしまった」

またもや後悔と苦渋に満ちた顔をするので、先を促すのが大変だった。

グウィンはよくよく、今回の件に責任を感じているらしい。だからこそ、こうしてライトを探し出し、面倒を見てくれているのだろうが。

「しかし、お前が捨てられた森を隈《くま》なく探したが、その姿はなかった」

自力で逃げたか、獣に食われたか。グウィンは魔術を駆使してライトを捜索した。

ただ、魔術は万能ではない。ライトが生きていることはわかったが、あとは気配を頼りに探し続け、炭鉱の町に辿り着いた。

「それだけで、半月近くもかかってしまった。あの場で出会って救出が間に合ったが、行き違いになっていたらと思うとゾッとする」

「けど、逆に言えば半月で俺を探し出してくれたんだろ。森に捨てられて、もう助けなんて絶対に来ないと思ってたんだ。あそこまで来てくれて、ありがとう」

一度ならず二度までも、グウィンはライトを助けてくれた。彼は召喚魔術を阻止できなかったことを悔やみ、ライトの境遇がすべて自分の咎であるかのように落ち込んでいるが、本当は彼に責任はないのだ。

隠者の活動もボランティアで、今回のこともその一環だった。ライトのことを、見て見ぬふりだってできたはずだ。

なのに、赤の他人のライトのために、ここまでしてくれた。ライト自身、自分の置かれた境遇がグウィンの責任だとは思わない。彼には、感謝しかなかった。

ライトがそう言うと、グウィンは複雑そうに微笑んだ。

その表情に、肩の荷が下りた安堵感はない。むしろ、礼を言う前より苦しそうに見えた。どうしてそんな顔をするのか、気になったものの、尋ねるのはためらわれる。

グウィンは恩人だし、それなりに信用しているが、彼もこの世界もまだわからないことのほうが多い。腹を割って話せるほど親しくもない。

二度殺されかけた経験から、漠然と、この生活がまた脆《もろ》く崩れ去るのではないかという恐怖があった。

思っていること、知りたいことはほとんど口に出せない。だから今も、何も言わずに黙っていた。

「お前には、教えなければならないこの世の常識が山ほどある。だがまずは、身体を健康に戻さねばな」

こちらがそれ以上、何も尋ねないことに、グウィンはどこかホッとした様子だった。

「少しずつだ。少しずつ、この世界に馴染《なじ》んでいこう」

医者が患者に言うような口調に一抹の不安を覚えたが、やはり言葉にはできず、ライトは曖昧にうなずくのだった。


ライトが宿屋の周りを歩けるくらい回復すると、グウィンは食糧などの必要な物資を調達してきて、二人は町を出ることになった。

国境を越えて、ひとまず安全と聞いていたが、長居はできないらしい。もしライトが生きていて、グウィンと行動を共にしていることが知られたら、追手を差し向けられるかもしれない。

「今のところ、それらしい気配はないが、用心のためだ。それにこちらも、行かねばならない場所があるのでな」

どういう場所で、何をしに行くとも言わなかったが、目的地はここから遠く、さらに二人が向かう先を特定されないよう、遠回りをするとのことだった。

「とりあえず、私は人々を治療して回っている旅のメウドゥーイで、お前は弟子候補、ということにしよう」

宿の部屋で旅支度をしながら、グウィンが言った。旅の途中で町や村に立ち寄った時の、二人の設定だ。

「弟子、候補？」

「お前は出稼ぎの途中で病気にかかり、瀕死《ひんし》のところをたまたま出会った私が治療した。その時、お前に魔術の才能を見出し、弟子に勧誘したという筋書きだ。まだ体調が万全ではないので、候補ということだな」

「なるほど」

それならば、健康に不安の残るライトが長旅をするのも、グウィンがライトの世話を焼いても不自然ではないかもしれない。

旅の支度が整うと、二人は朝早く町を出発した。

グウィンは旅慣れていて、馬の扱いに長《た》けていた。馬車のホロを一人で張ることもできたし、簡略的な地図を見ながら、おおよその距離を把握できる。道に迷うこともない。

ライトはただ、馬車の荷台で寝転がったり、退屈になったらグウィンと御者台に並んで、周りの景色を見ていればよかった。

旅のはじめは、日中は馬車で移動し、夜はどこかの町や村の宿屋に泊まった。ライトの身体を考慮してのことだろう。

南北に長く伸びる街道は整備されていて、治安もよかった。地域によっては野盗や危険な肉食獣が生息することもあるようだが、二人が通った場所はそうしたこともなかった。

目的地はあるものの、急ぐ旅ではないのか、その行程はわりあいと気ままなものだ。

グウィンは、途中で川を見つけて水浴びをしたり、道端の草花や野原にいる小動物、木々に止まる鳥の名を教えてくれた。

ライトが御者台に座る時には、馬の扱い方を教え、またある時は、地図を片手に世界地理や情勢を講義した。

簡単な魔術を使い、魔術の基礎を教えてくれたこともある。

花を降らせたり、道具を持たずに薪《たきぎ》に火を点《つ》けたりして見せた。

ライトが思っていた魔術とは違い、指を鳴らせばたちまち望みが叶うというものではなかった。紙や石に込み入った文字と模様を描きつけるとか、長い言葉の詠唱が必要だったりと、職人技ともいえるそれなりの技術を必要とするらしい。

それでもグウィンは優れた教師なのだろう。魔術の実技はどれも見ていて楽しいものだったし、元の世界では勉強が好きではなかったライトが、グウィンの講義は飽きることがなかった。

それに、グウィンが与えてくれる知識はすべて、この世界で生きていくために必要なものだ。講義はいつもさりげなく始まったが、自分のためだということはライトもわかっていた。

しばらくして大きな街に着くと、子供用の読み書きの本と、練習用の筆記用具を買ってライトに与えてくれた。

「お前は公用語を話せるが、読み書きはできないだろう。文字を読めて損はないぞ」

ライトが今喋っているのは、世界中で広く使用されている世界公用語というものらしい。世界には様々な種族がいて、独自の国や文化を育んでいる。ライトのいた世界よりずっと多様で、他言語をいちいち習得していてはらちがあかない。

そこで、今から千年ほど前に世界公用語が考案され、多くの国、部族が取り入れるようになった。今は一部の国や部族を除き、世界中のほとんどの人たちが母語以外に世界公用語を操れるのだそうだ。世界公用語そのものが、母語になっている国も少なくない。

「ライトたちは、この世界に召喚された瞬間から直ちに、公用語を理解していたそうだな。これは召喚魔術によるものだろう。異世界からこの世界に転移した際、お前たちの身体は一度バラバラになって、こちらの世界でまた組み直された。その際、言語がこちらのものに組み替えられたのだろう。しかし、文字を読み書きするのには、言葉を聞いて話すこととはまた別の機能が必要だ。そこは組み換えなかったのだろうな」

言語を組み換えたのはおそらく、召喚した光の御子たちをすぐに働かせるためだ。意思疎通のため、言語の習得から始めていては、他国の侵略にも時間がかかってしまう。

識字機能を組み替えなかったのは、光の御子たちが余計な情報を得ることのないよう、情報統制のためだったと思われる。

「狂王も老いた。先を焦っているのだろう」

狂王とはむろん、ラガスク王のことだ。ラガスク周辺の国々、そしてラガスク国内でも、ラガスク王は狂王と呼ばれていた。

王がもう何十年も、召喚魔術に没頭しているからだ。政務を人任せにし、莫大な税金を魔術研究につぎ込んでいる。

税は年々重くなり、役人の不正も横行、治安も悪化している。おかげで王の即位当初、周辺諸国でもっとも栄え、景気もよかったラガスクは、もっとも貧しい国となった。

国の財政は破綻寸前だろうが、王はさらなる予算を投じて召喚魔術を強行した。

「どうしてそこまで。そんなことをして隣の国を侵略しても、利益はないと思うけど」

グウィンから教わった地理によれば、ラガスクの周辺には確かに天然資源の豊富な国もあるが、そこまでして欲しがるものではないように思える。

「そのとおり。私が教えたことを、よく覚えていたな。ライトは飲み込みがいい」

ライトが疑問を口にすると、グウィンは生徒の出来に満足するかのように、柔らかく微笑んでうなずいた。

自慢ではないが、今まで勉強で褒められたことがない。ライトは照れてしまった。

「隣国を侵略するというのは、家臣たちに対する表向きの理由だろう。狂王が狙うのは、隣国ではない。西の果てにある、不老不死の秘宝だ。あの老人は不老不死の欲望に取り憑《と》かれているのだよ」

感情の起伏の乏しいグウィンが、狂王についてだけは、唇の端を歪《ゆが》めて忌々しげに語る。

ライトもそれを聞いて、何とも言えぬ悔しさと怒りが込み上げた。

不老不死。そんな身勝手な欲望のために、自分は召喚に巻き込まれたのか。勝手に連れて来た挙句、お前は余計な存在だと、虫けらのように殺そうとした。

自分以外にも、多くの政治犯が処刑されたと聞いた。まったくラガスク王とは、狂王の名にふさわしい暴君だ。

「王が不老不死を願っていることは、ずいぶん前から知っていた。召喚魔術の阻止以外にも、私を含めた隠者たちが王の願望を砕こうとしていたのだが、ついに光の御子まで呼び寄せてしまった」

「その、光の御子ってのは何なんだ？　エルフ族に匹敵する魔術が使えるって聞いたけど。その御子たちを使って、秘宝を手に入れようとしてるってことだよな」

「そうだ。秘宝は西の果てのエルフの国が管理している。エルフは強大な魔術によって秘宝を護《まも》っていて、並みの魔術師では太刀打ちできない」

そこで、光の御子が必要になるというわけだ。

「魔術には素質が必要だと教えたな？　この世界の人族が遺伝的に持っている魔術の素質には、限界があるとされている。しかし、異世界から来た人族は、エルフを越える魔術の素質を持つ」

その大きな才能を持った存在を光の御子と呼ぶのだそうだ。

狂王は不老不死の欲望のために秘宝を欲し、秘宝を護るエルフの魔術を破るために召喚魔術を行った。

「じゃあ、御子が召喚されたから、秘宝はあのジジイに盗《と》られちまうのか？」

何もかも狂王の思いどおりになるのは、業腹《ごうはら》だ。

しかしグウィンは、そこでちょっと愉快そうに「いいや」と首を横に振った。

「そう簡単にはいかん。狂王は光の御子を誤解している部分がある。そうなるように、隠者らが仕向けたのだがね。ライト、お前もこの旅の途中で魔術の基礎知識は得ただろう。魔術とは魔法の技術。素質があっても技術が伴わねば、力を発揮することはできん」

グウィンの言うとおり、この世界の魔術は、呪文を唱えればただちに叶えられるというものではないようだった。

まず、魔術を行う者の内にある魔力を外へ放出する方法を学び、その魔力をもって、魔術を実行するための理論と技術を習得しなければならない。

簡単な魔術であれば、子供でもさほど時間をかけずに習得が可能だというが、いずれにしてもある程度の地道な学習が必要なのである。

「狂王は、光の御子であればただちに、エルフを超える魔術が使えると誤解している。この世界のことわりを超える存在だとな。しかしそう、うまい話はない」

実際には、この世界の人間と同じ学習が必要なのだそうだ。無理やり異世界に拉致された少年少女たちが、果たして狂王の命じるとおりに魔術を覚えようとするだろうか。

たとえ強制的に習得させられるにしても、高度な魔術を覚えるには、それなりに時間がかかる。

「ラガスクの城には私の仲間が潜伏し、光の御子たちの状況を見守っている。今のところは客人として手厚くもてなされているそうだ。もし彼らが無理を強いられても、お前と同じように国外に逃がす手はずはついている」

グウィンがライトを気遣うように言った。おそらく、同じ異世界人として、ライトが同胞の身を案じていると思ったからだろう。

ライトも相手の意図を汲んで、「ありがとう」と、ぎこちなく礼を言ったものの、あの高校生たちに対しては、自分でも驚くほど何の感情も覚えなかった。

自分は死ぬ目に遭ったのに、彼らだけ厚遇を受けているという僻《ひが》みかもしれない。あるいは召喚された当初、ライトが拘束された時に彼らが見せた、冷たい視線のせいか。

彼らがたとえ不遇を受けたとしても、ざまあみろとしか思わない。

そんな残酷さと卑屈さに気づき、ライトは自己嫌悪に陥った。自分はもっと善良な人間だと思っていたのに、苦境によって本性を暴かれたような気がする。

あの高校生たちだって、突然のことで戸惑っていたに違いないのに。

「だから、彼らの心配は無用ということだ。ライトは自分のことだけを考えればいい」

ライトの葛藤が見て取れたのか、グウィンはそうして話を締めくくった。

「さあ、その峠を過ぎれば、今夜の宿に着くぞ」

軽く馬の尻を叩き、馬車の速度を上げて言う。話をはぐらかされたように思えて、ライトはその時も結局、一番聞きたいことを口に出せずじまいだった。


ずっと胸に抱いていた質問の答えを、ライトは尋ねる前から知っていた気がする。薄々答えがわかっていたから、なかなか口に出せなかったのだ。

――自分は、元の世界に帰れるのか。

召喚に巻き込まれてから今日まで、ライトが一番知りたかったのは、そのことだった。

最初は漠然と、必ず帰る方法があると思っていた。

だって、こちらの世界に連れて来る方法があるのだ。戻る方法だってあるだろう。グウィンは魔術師で、召喚魔術に没頭するラガスク王が顧問に招くほどだった。

いつか彼の魔術で元に戻してもらえるか、最低でも手掛かりを知っているに違いない。そんな期待を寄せていた。

けれどグウィンは旅をしながら、深く丁寧にこの世界の知識をライトに与え続ける。

馬車の旅を始めてひと月近く経つと、ライトは文字を覚え、簡単な読み書きができるようになった。

世界公用語の表記文字は、日本語の五十音より少なく、形もシンプルなので覚えやすい。

グウィンはその成果を褒め、立ち寄り先の町で子供用の本を売り、代わりにもっと難しい本を買い与えた。

「当座の目標は、初級の魔術書を読めるようになることだな。理想は魔術専門書の読破だ」

専門書は語彙が独特で難しく、時間がかかるだろうということだった。

何年も先を見据えて、グウィンはライトに教育を施そうとしている。それの意味するところを、ライトはできるだけ考えないようにしていた。

しかし、いつまでも目をそむけ続けることはできない。だから一日の終わりはいつも、明日こそは尋ねようと自分に言い聞かせていた。

旅を始めてひと月が過ぎた時、ライトは胸に秘めていたその問いをようやく、グウィンに向けることができた。

「俺は、元の世界に帰れるのかな」

一日の行程を終えた夜、馬車で野宿をしていた時のことだった。

その頃になると、永遠に続くかと思われた街道は細く悪路になり、街道沿いに点在する集落も小さくなっていった。

宿のある町や村も少なくなり、大きめの町で必要な物資を買い込むと、馬車で野宿をすることも多くなってきた。

野宿に耐えられるくらい、ライトが回復したというのもある。

グウィンは旅の中でも栄養の豊富な食べ物をライトに与え、よく休息し、たまに運動や気分転換もさせた。

ライトもそれに、元の世界でやっていたトレーニングを加えたりして、痩せ細り弱っていた身体は、もうすっかり元どおりになった。

虐げられ、委縮していた心も健やかになり、本来の自分を取り戻している。

もうこれ以上、ぼんやりと流されるままになっているのは嫌だった。

「正直に教えてほしい。俺が帰れる可能性が、あるのかないのか」

二人は街道沿いにある野原に馬車を止め、野営の焚火《たきび》を囲んでいた。グウィンはすぐには答えず、昼間集めた薪用の枯れ枝を火にくべる。

乾いた枝がパチパチと小気味よい音を立てて爆《は》ぜた。

「お前を、元の世界に戻す方法はない」

焚火の明かりでオレンジ色に照らされたグウィンに、はっきりと苦悩の色が見えた。

苦しげなその顔を見て、彼が以前にも同じ表情を浮かべていたことを思い出す。

命を助けられ、こちらが感謝を述べてもグウィンは安堵しなかった。いつかライトから、この質問がもたらされることがわかっていたのだろう。

「召喚魔術は、深く掘った穴に獲物を落とし入れるようなものだ。穴を登るための術はない。ただ深く深く穴を掘り、たまたまその穴の上に通りがかった獲物……異世界の住人を落とす。それだけの魔術だ」

なかば予想していたこととはいえ、あっさりとうなずけることではなかった。

「でも、あんたが知らないだけで、可能性があるかもしれない」

「そうかもしれない。方法を研究すれば、あるいは道が開けるかもしれん。しかし、その研究には膨大な時間がかかるのだ。狂王が何十年とかけて、召喚の魔術を完成させたよりもっと長い時間が。それに、研究には莫大な資金も必要だ」

よしんば資金の当てができたとしても、ライトが生きている間に魔術が完成するかどうか。あるいは、方法が見つからない可能性も大いにある。

「そんな……」

「すまない」

グウィンは、自分こそが望みを絶たれたかのように、苦しげにこうべを垂れた。

グウィンのせいではない。それはわかっている。でも今のライトには、あんたのせいじゃないときっぱり返すことはできなかった。

「そっか。……やっぱ、そうか」

ははっ、と乾いた笑いが口を突いて出た。もう戻れない。

「ライト」

「まあ別に、もう俺が消えて心配するような家族もいないしな。祖父《じい》ちゃんも祖母《ばあ》ちゃんも死んで、両親の行方もわからない。恋人もいないし。友達は探してくれてるかもしれないけど……そのうち忘れるだろうし」

無理に笑った。笑うしかなかった。こんなところに放り出されて……これから一生、この世界で生きていかなくてはならないのだ。

「仕事も好きだったし、やり甲斐《がい》もあったけど、俺がいないとダメってこともないし。俺の代わりはいっぱいいるし……」

卑屈に笑いながら、未練がましい愚痴がつらつらと口を突く。

前を見つめていたが、隣でグウィンが心配そうにこちらを見ているのがわかった。ああ、彼を困らせている。

何とか気持ちを立て直そうとした。でも、無理だった。

「ごめん、無理だ」

がっくりとうなだれる。泣きたいのに、涙を流す力もない。

この先に何の希望も見いだせない。グウィンに救われて、もしかしたら……と期待を抱いていたから、余計に辛かった。

「ライト」

そっと名前を呼ばれ、ふわりと身体が温かくなった。肩を引き寄せられ、抱きしめられているのだと気づいたのは、しばらく経ってからだ。

「笑わなくていい。泣いて怒っていいのだ。平静でいられるわけがないのだから」

ライトの苦痛を共有するように、グウィンは一言ずつ真摯に言葉を紡いだ。

彼の腕は、ライトの身体がすっぽり収まるほど逞しい。

子供のように抱きしめられ、優しく背中をさすられると、強張《こわば》っていた身体がゆっくりとほぐれていった。

「……っ」

やがてほろりと一粒、涙が落ちると、それから堰《せき》を切ったように嗚咽《おえつ》が溢《あふ》れた。

「ひ……ぅっ」

我慢しなくていいのだと思ったら、感情が次から次へと込み上げた。

「くそ、なんで……俺、俺だけ……何も悪いことしてないのに……」

怒りに任せ相手の胸を叩いても、グウィンは黙って受け止めてくれた。ライトは泣きながら恨み言を吐き続け、そしていつしか、グウィンの腕の中で眠ってしまった。

グウィンは夜通し、ライトを抱いたまま火の番をしてくれたのだ。

「昨日はごめん」

朝目覚め、昨晩の醜態を思い出したライトは、ぎこちなくグウィンに謝った。

命の恩人に八つ当たりして、泣きじゃくってしまった。しかも泣き疲れて寝てしまうなんて、子供みたいだ。

「構わん。今までの境遇を考えれば、お前の態度は気丈なものだ。だが、今朝は少しすっきりした顔をしているな」

グウィンは言い、子供にするようにライトの頬に手を当て、顔を覗き込んでくる。

長旅の中で、もうそろそろグウィンの美貌にも見慣れたはずだが、そんな優しい顔を間近に寄せられるとドギマギしてしまう。

「うん。泣いて、ちょっとすっきりした」

気恥ずかしくてふい、と顔をそむけると、小さく笑われた。

「お前の気が晴れるのなら、何度でも胸を貸すぞ」

「いいよ、もう。大丈夫だから」

うそぶいてみせたが、その夜、日が沈んで暗くなるとまた、何とも言えない絶望的な気持ちがぶり返した。

「……今朝言ったこと、まだ有効かな」

焚火の前に並んでおずおずと、相手を窺《うかが》う。胸を借りたい、と訥々《とつとつ》と申し出ると、グウィンは一瞬、驚いたように目を見開いてから、すぐに目元を和ませた。

それから昨日と同じように、優しくライトを抱き寄せる。相手の体温にホッとした。

「あの、今日は俺が不寝番するから」

そういえば、昨日は一人で見張りをさせてしまったのだ。グウィンも途中で仮眠は取ったが、十分ではないだろう。

ライトが言うと、グウィンは笑って「気にしなくていい」と言った。

「エルフはあまり眠らないのだ。特に、年を取ったエルフは」

そういえば、グウィンは何歳なのだろう。結婚はしているのだろうか。いや、妻がいたら、こんな旅などしないか。

あれこれ考えているうちに、結局その夜もぐっすり眠ってしまった。

翌朝また謝って、グウィンも気にするなと繰り返したが、それからライトは眠る際、グウィンにぴったりくっついて寝るのが習慣になった。

ライトが弱音を吐いても、どんなにみっともないところを見せても、グウィンは馬鹿にしたりしない。それどころか慈悲深く、父親のように温かくライトを包み込んでくれる。

「父親って、こんな感じなのかな。俺には父親がいないから、よくわからないけど」

寝具に包まって、ライトはぼそぼそとつぶやいた。それから、ああ言わなきゃよかったと後悔する。

今夜は久しぶりに、街の宿に泊まっていた。

暖炉の火がほんのりと室内を温め、乾いた寝藁《ねわら》に麻布を敷いた簡便なベッドで、ライトは寄り添う男の肌の温もりを心地よく感じている。

母子家庭に生まれて、父の腕に抱かれた記憶はない。逞しく優しいグウィンの腕が嬉しくて、ついそんなふうに言ってしまったのだが、さすがに図々《ずうずう》しかったかもしれない。

「……あの、ごめん」

同時に、グウィンに子供のように甘えている自分が恥ずかしくなった。我に返った、とでも言うのだろうか。これまでの自分の行動を思い出し、愕然《がくぜん》とする。

いくら弱っていたからとはいえ、大の男が男に縋って甘えるなんて。

「どうして謝る？」

グウィンはどこか楽しそうに笑って尋ねた。

「いや、父親だなんて、図々しいなと思って。ごめん。俺はあんたに甘えすぎてる」

「図々しくなどないさ。お前は子供のように素直なのに、そうしてすぐ遠慮をする」

そう言って、グウィンは腕を伸ばし、そろそろと身を離しかけたライトを抱き寄せた。逞しい腕に包まれ、ほっと安堵するのと同時に、今夜は甘くくすぐったい感覚が込み上げてくる。

身体も心も回復したからだろうか。昨日まではただ自分の感情に振り回されていたけれど、今は布越しに感じる男の肌の熱さだとか、首筋に鼻先を近づけた時に感じる、グウィンのハーブと花の混じったような肌の匂いに気づいてしまう。

男っぽく逞しいのに綺麗で、落ち着いていて包容力がある。グウィンがライトの世界に来たら、ものすごくモテるだろう。いや、こちらの世界でもモテているに違いない。

「……あ」

そんなことを考えているうちに、自分の身体が変化しているのに気づき、小さく声を上げてしまった。

「どうした？」

「あっ、いやなんでも。あの、じゃあおやすみなさい」

ライトは慌てて言い、グウィンから離れようとした。グウィンは驚いたように「どうした」とライトの顔を覗き込もうとする。

反射的に、ライトは上掛けを引き寄せ股間を隠した。それで相手も察したらしい。

「なんだ。勃《た》ったのか」

直接的な物言いに、恥ずかしくなった。上掛けをギュッと握り、ごめん、と謝る。

「また謝るのだな。何も悪いことなどしていないだろうに。性欲を感じる余裕があるのは、心身が回復してきた証拠だ。我慢せず発散すればいい」

「え、いや、でも」

どこですればいいのだろう。宿のトイレは共同だし、水洗トイレではないので、あそこでするのは御免こうむりたい。

「恥ずかしがらなくてもいいさ。ライトはもう、成人しているのだろう？」

戸惑うライトをよそに、グウィンはなぜためらうのかと訝《いぶか》しむ顔さえして、いきなり上掛けを剝いだ。それればかりか、ライトの寝間着をめくり上げたではないか。

「わっ、ちょっ」

鍵つきの安全な宿だったので、寝間着一枚で寝ていた。太ももまである薄いシャツのようなものだ。

下着はない。こちらの世界では、女性はふんどしのような腰巻を着けるらしいが、男性は下着を着ける習慣がなく、ズボンをそのまま穿《は》くようだった。

この数か月で、ライトもようやく下着なしの生活に慣れてきたけれど、いきなり寝間着をめくられるとは思わなかった。

甘く勃起した性器がグウィンの目の前で露《あら》わになり、自分のそれが先走りを滴らせるのに、かあっと顔が熱くなった。

「なかなか立派な一物ではないか」

ライトが羞恥に顔をそむけると、グウィンはますます興が乗ったというように、今まで聞いたことのない低く艶めいた声音を発した。

グウィンの片腕はライトの腰を捕らえていて、逃げ出すことができない。どうしよう、と相手に縋るような視線を向けると、グウィンは目を細めた。

今まで紳士だと思っていたのに、不意に獰猛《どうもう》な雄の一面を見た気がして戸惑う。

そんなライトを眺めて楽しむように、グウィンは甘く囁き、ライトの性器を握った。

「手を貸してやる。これで恥ずかしくないだろう？」

「は？　ちょ……余計に恥ずかしいよ……あっ、あ……」

大きくて骨ばった手が、大胆にライトのそれを扱《しご》き上げる。こちらの世界に来てからは自慰どころではなかったから、久々の刺激だった。

「嫌か？」

「い、嫌じゃないけど……俺、男なんだけど」

グウィンは少し首を傾け、ライトの言葉の意味を考える素振りを見せた。

「男同士、ということか？　ライトの世界では、同性同士の営みは禁忌なのか」

「そういう国もあるけど、俺の生まれたところはそうじゃない。でもなんていうか、俺は女しか好きじゃないと思ってて。ここは違うのか？」

「この世界は、というなら、国と時代によるな。私の国、いや、エルフは全体的に性や恋愛については自由で寛容だ。あまり凝り固まった習慣だと、長く生きるのに不便だからな。そのあたりの講義はまた明日してやる。今はこっちに集中しろ」

グウィンは言い、さらに巧みに性器を扱き上げた。器用なその手つきは、自分でするよりずっと気持ちよくて、ライトはたちまち頭が真っ白になってしまう。

「あ、あ……っ」

こんなに気持ちのいい行為は知らない。女とヤッた時だって、こんなふうにはならなかった。

「乳首が立ってる。ライトはここでも感じるのか」

少し意地の悪い口調でグウィンは言い、薄い布越しに、乳首を軽く弄《いじ》られた。

「ひ、んっ」

ビリッと全身に快感が駆け抜け、追い立てるような性器への刺激になすすべもなく、気づけばライトはグウィンの手の中で射精していた。

「あ、あ」

大量の精液が溢れ、グウィンの手を汚す。

「ごめ……」

恥ずかしくてたまらないのに、気持ちよくて頭の芯がぼうっとしていた。射精を終えたというのに、まだ身体の中に甘い余韻が残っている気がする。同時にとろりとまぶたが重くなった。

「ごめん。手、汚した」

綺麗にしないと。身体を起こそうと思うのに、力が入らない。

「いい。眠いのだろう？　そのまま寝なさい」

目の端にキスをされ、きゅうっと胸が切なくなった。

「グウィン……」

何を言いたいのかわからないまま、相手を呼んだ。ふふっと笑う声がする。

「お前は不思議な男だな、ライト。子供のように無防備で、なのにこんな色めいた顔をする。お前の世界の人間は、みんなこうなのか？」

言葉の意味がわからなかった。考えようとしたが、そう思う先から意識がすうっと遠のいて、ライトはいつの間にか眠っていた。

二人の旅はその後もしばらく続いた。

グウィンに手淫をほどこされた翌日、ライトはいたたまれず、一日中ぎこちなかったが、グウィンが普段と少しも変わらなかったので、やがてライトの心も落ち着いた。

どうやらグウィンにとって、他人の自慰を手伝うことは大したことではないらしい。

その夜以降、ライトのほうから添い寝を頼むことはなくなったが、代わりにグウィンがちょくちょく、「今夜はしなくていいのか?」と、そそのかすように、楽しそうに尋ねてくるようになった。

恥ずかしいからと断ると、グウィンのほうから触れてきたりする。そのくせグウィンのほうは反応しないから、何だかからかわれている気分になった。

それでも、グウィンの手は悩ましいほど気持ちがいい。最後はいつも、抗いきれずに身をゆだねてしまう。

一線を越えたのを機に、グウィンの態度も隙のない紳士から、意地悪なところもある甘い態度に変わった気がする。

まるで恋人同士みたいだ、と感じる時もあったが、ライトは期待しないようにしていた。

グウィンが今、こうして甘やかしてくれるのは、おそらく責任感と、狂王の野望を阻止できなかった負い目からで、ライトに特別な感情があるわけではない。

彼はエルフで、見かけより長生きをしていると言っていた。ライトにほどこす愛撫《あいぶ》が手慣れていたし、相応の経験があるのだろう。

妻は、恋人は？　こうしてライトと旅を続けているのだから、今はいないと思いたい。でもかつてはいたはずだ。

どんな相手だったのか。気になるけれど、聞いてはいけない。そういうことをはっきり口にし始めたが最後、ライトは急速にグウィンへと傾いていく自分の感情に、歯止めがかからなくなる気がした。

旅はいつか終わる。グウィンとも、ずっとこのまま一緒にいられるわけではない。グウィンなら、すぐにライトを放り出したりしないだろうが、本来彼には、いつまでもライトの面倒を見る義理もないのだ。

ライトの気持ちを知らせても、相手を困らせるだけだろう。グウィンの夜の戯れも、経験豊富なエルフのほんの遊びに過ぎない。ライトはそう自分に言い聞かせて、これ以上グウィンに惹《ひ》かれないよう心にブレーキをかけていた。

「そろそろ、これからのことを話そう」

ある夜、グウィンが言った。ライトは、とうとうその時が来たかと思った。

その日も野宿だった。気温は温かく、夜でも毛布一枚ですむ。この旅でずいぶん北上したはずだが、ちょうど季節は旅に適した頃で助かった。

「ライト。お前はこの世界でどう生きたい？」

唐突な問いに戸惑う。少し考えたが、「わからない」と正直に首を横に振った。

「この世界のこととか読み書きとか、いろいろ教えてもらったけど、何をすればいいのかわからない。何か、あんたに頼らない方法で生きていけたらいいんだけど」

いつまでも、グウィンの世話になるわけにはいかない。メウドゥーイというのは、困っている人々を救うためにいるのだろう。困っているのはライトだけではないし、それにそう、狂王の野望も放っておいていい事案ではない。

「お前はいつも遠慮がちだな。もっと頼ってもいいくらいだ。それに、生き方など聞かれても戸惑うのは当然だろう。今のは私の尋ね方が悪かった。ただ、お前の意思を確認したかったのだ」

グウィンは言い、隣に座るライトの肩を撫でた。この旅で、彼にこうして触れられるのは、ごく自然なことになっていた。ライトも相手の胸に頭を預ける。

こんなふうにできるのも今だけ。そう考えて、胸がちくりと痛む。

「実は、お前に手伝ってもらいたいことがある。もし何か、お前にやりたいことがあるなら、そちらを優先させたかった」

「やりたいことなんてない。手伝うよ」

ライトは弾かれるように顔を上げて答えた。グウィンに少しでも恩返しがしたかったし、彼とできるだけ長い時間、繋がっていたいという気持ちがあった。

グウィンは、そうはやるな、というようにライトの頭を撫でる。

「今、我々が向かっている場所と関係のあることだ。そこは深い森の奥にある。誰にも見つけられないように、幾重にも結界を張った場所でな。私が作った隠れ家だ。少々の不便はあるが、私がお前の落ち着き先を見つける間、そこにしばらくいてもらいたい」

　ライトのために用意したわけではないだろう。グウィンの口ぶりでは、隠れ家はライトがこの世界に来る以前からあるようだった。

「そこにはすでに住人がいる。深く隠さなくてはならない、事情のある人物が。話すと長くなるので、その事情は追って話そう。ともかくその人物と、彼を慕ってついて来た者が二人いる。私は狂王のことがあってその場を離れなければならなかったので、今は別のメウドゥーイが彼らの世話をしている」

「その三人の世話を、俺が代わりにやるってことだな。もちろん、やるよ。誰かの世話なんてしたことないけど」

「ほんの一時的な措置だ」

　予防線を張るように、グウィンが言った。

「お前の預け先が決まるまでの間、ひと月か、長くてもふた月くらいだろう。私も定期的にそちらへ顔を出す。お前の信頼できる預け先が決まったら、代わりのメウドゥーイを寄越す。それまでの辛抱だ」

「そんなに気難しい人たちなのか」

「気難しい、というわけではないのだが」

珍しく歯切れが悪い。顔を上げてグウィンを見ると、彼は何かを思い出すような、遠い目をしていた。

「体力と気力のいる相手だ。それと根気も。世話係のメウドゥーイを休ませるために、私も三日ほど世話をしたのだが。正直、私もこの年になるまで直接かかわった経験がなかった。あんなに大変だとは思わなかったよ」

グウィンにそれほどまで言わしめるとは。いったいどんな人物なのか。

「彼らはな、消えるのだ」

やはり遠い目で、グウィンは続ける。ライトはごくりとつばを飲み込んだ。

「き……消える？」

「そう、ほんの一瞬、本当にわずかな間、目を離しただけで、消えてしまうのだ。気づくとまったく別の場所にいる。そしてこちらが想像もつかない行動を取る。たいがい、我々が困惑するような行動だ。阻止しようとどれほど手を尽くしても、こちらが思いもよらないことをしでかす」

「……妖怪？」

「子供だよ」

思い出すだけで疲れるというように、グウィンは言った。

「三歳児が二人、それに五歳。みんな男の子だ。私が離れている間に一つずつ年を取ったはずだから、少し落ち着いているといいんだが……無理だろうな」

グウィンは、深いため息をついた。

最後の町で、グウィンとライトは馬に積めるだけ、食糧や生活用品を買い込んだ。二頭引きの馬車の荷台部分を売り、荷物を二頭の馬に積んで、ここから先は馬を引きながら歩いて行くという。

町の宿屋で一泊し、「これが安らかに眠れる最後の夜になるだろう」とグウィンに脅された。

ライトもだんだん不安になってきた。ほんの一、二か月だと言われたが、そもそもライトは子守りなどしたことがない。

「俺にできるのかな」

ベッドの中でぼそりと不安を吐露すると、「大丈夫だ、たぶんおそらく、な」と、頼りない返事が返ってきた。今までものすごく頼もしかったのに、子守りのことになると、グウィンは途端に弱気になる。

「孤児院にいた子供たちだ。六歳の子は下の子供たちの面倒を見るのに慣れているし、小さい二人も自分のことはもう、だいたい自分でできるそうだ」

孤児院、と聞いて心が動いた。ライトも両親がいなかった。

父親はもともといなくて、母親はライトが小学校に上がるか上がらないかの時、ライトを置いてどこかに行ってしまった。

祖父母が引き取ってくれなかったら、児童養護施設で育っていたはずだ。実際、祖父母が迎えに来るまでの間、しばらく施設で過ごした。

「その子たちには、親がいないのか?」

孤児院、というからにはそうなのかもしれない。ライトがいた養護施設は、親がいても、何かの事情で引き取れないケースがほとんどだったが。

「小さい二人、彼らは獣人だが、その出生はわからない。へその緒がついた状態で捨てられていたそうだ」

「ひどいな」

思わず顔をしかめてしまった。この世界では、そういう境遇が珍しくないのだろうか。

「ああ。そういう子供が一人でも減ればいいのだが。……もう一人はエルフだ。こちらの両親は亡くなったが、事情がある」

人から隠さなければならない、深い事情がある人物とは、六歳になるというエルフの子のことだろう。

「この子の事情の前に、私の母国のことを話さねばならないな」

グウィンは言い、おもむろにライトを抱き寄せた。ドキリとしたが、「この宿は壁が薄い」と囁かれ、他の客に話を聞かれないためだと気づいた。

それでも、まるで恋人同士の睦言《むつごと》のように囁かれる話に、平常心を保つのが大変だった。

「以前、ちらりと話したな。西の果てにエルフの国がある。それが私の母国だ」

ラガスク王が狙う、不老不死の秘宝が護られているというエルフの国だ。

そこは全世界にいるエルフの七割が暮らすという大国で、国を統《す》べる王の下、四つの藩に分かれ、四人の藩主がそれらを治めているそうだ。

この藩の成り立ちというのが王国の建国よりさらに古く、細かな部族をまとめ上げてできた小国が、それぞれの藩の始まりだという。

長い歴史の中で幾たびも小競り合いや戦争があり、新たな藩ができたり、古い藩が飲み込まれたりして、四つの藩になった。

これをさらに統一したのが、西のエルフの大国、グウィンフィードだった。

「王国ができたのは二百年ほど前だが、古い藩は千年以上も歴史がある」

「グウィンフィード……あんたの名前に似てるな」

ふと思いついて口にする。グウィンは「そうだな」とだけ答えた。

「藩主は血族による世襲制だ。そのため藩主の中には、国を統べる国王よりも自分たちのほうが歴史が古く高貴だというプライドを持つ者が少なくない」

今は国王の力が強いため、四人の藩主は国王に忠誠を誓い、国もまとまっている。しかし決して一枚岩ではなく、王権が弱まれば藩主たちの勢いも増してくる可能性がある。

それに、四つの藩も一国と変わらぬ規模を持ち、各々に問題や課題を抱えていた。

「中でも今、もっとも不穏なのが『宵草《よいくさ》の国』と呼ばれる南の藩だ」

『宵草の国』では今から二年と少し前、藩主が亡くなってお家騒動が勃発した。

藩主は直系の長子に受け継がれるのが慣例だが、亡くなった藩主は若く、その一人息子である王子はまだ三つにもならない幼子だった。

藩主の妻は、王子を産んですぐ亡くなっている。

ここに、幼い王子を藩主とし、自ら摂政となって実権を握ろうとする王子の叔父一派と、いやそもそも、本来の藩主の血統は自分なのだと主張する王子の大叔父一派とが対立し、一触即発の事態となった。

「王子と叔父と大叔父……なんかややこしいな」

ライトはグウィンの話を噛み砕くのに、頭を懸命に働かせた。

まずは叔父、亡くなった藩主の弟。彼も若く、その後ろには有力な貴族がついているのだという。

彼らは王子の摂政として実権を握り、足場を固めた後は当の王子を排除して、叔父が藩主となる算段だったらしい。

そして大叔父。彼は亡くなった藩主の叔父にあたる。

藩主の父と彼とは同じ年の異母兄弟だそうで、先代の代替わりの時にも一悶着《ひともんちゃく》あったらしい。本当なら自分が藩主になるはずだったと主張しているのだそうだ。

しかし、このお家騒動はすぐに決着がついた。

「ある夜、王子の城に賊が押し入り、王子を殺害したのだ。黒幕は大叔父とされた。大叔父と彼を支持する一派は弾劾を受けて隣国へ亡命し、こうして王子の叔父、亡くなった藩主の弟が藩を継いだ」

「それって……」

ライトはハッと顔を上げた。すぐ間近、唇が触れそうな場所にグウィンの顔があって、慌てて顔をそむける。離れそうになるライトを、グウィンが追いかけるようにして背中から抱きこんだ。

「……っ」

「王子を襲ったのは大叔父ではなく、叔父の一派だろう。大叔父たちを粛清するため、さらに手っ取り早く叔父を藩主に就けるために、王子を殺そうとしたのだ」

耳に口づけるように、グウィンはボソボソと囁く。吐息が耳にかかり、ライトはくすぐったさに首をすくめた。

「王子の住居にいた者はみな殺しにされた。死人に口なし、真実を知る者はいない。……と、言いたいところだがな」

「隠れ家にいるエルフの子が、王子？」

小さな声で返すと、そうだ、とまた耳もとで囁かれた。

王子は殺されてはいなかった。

王子の城に賊が押し入った時、異変を察した侍従たちが命がけで彼を守り、王子と乳母を城の外へと逃がしたのだった。

乳母と王子はうまく逃げ延び、王子を見失った叔父の一派は、苦肉の策に幼い子供の死体を用意して、王子が死んだと発表した。

大叔父は粛清できたが、本物の王子はどこかで生きている。メウドゥーイたちの情報網によれば、彼らは二年以上が経った今も、王子の捜索を続けているようだった。

乳母は王子と城を出た後、グウィンフィード王国を出て周辺の国々を点々としながら、グウィンフィードの国王へ王子の窮状を訴える書簡を送っていた。

藩を統べる国王に、叔父の悪行を正してもらおうと考えたのである。

「グウィンフィード国王としても、『宵草の国』のお家騒動は放っておけない事態だった」

王子の父、亡くなった藩主の側近をはじめとする忠臣たちの多くは、今の藩主に代替わりしてすぐ、それまであった任を解かれ、閑職に回されたそうだ。今の重職には当然、現藩主の側近らが名を連ねている。

亡くなった藩主の忠臣たちは現藩主に不信を抱いており、王子を殺したのは大叔父ではなく、現藩主ではないかという疑念が彼らの中に長くくすぶり続けている。

そして亡命したとはいえ、まだ大叔父一派も主張を曲げてはいない。強引な代替わりを終えた後も藩内はまだ不穏なままだった。このままでは三つ巴《どもえ》の内争に発展しかねない。

また藩を束ねる国王として、現藩主の暴挙を見過ごせば、グウィンフィード全体の統一にも支障をきたす恐れがある。

乳母の訴えを聞き入れ、国王はメウドゥーイのグウィンに相談をした。

「どうしてグウィンに？」

「メウドゥーイの最初の活動は、グウィンフィードのエルフから始まった。だから王国とは浅からぬ関係なのだ。我々はあちこちを放浪し、世界中に情報網を持っている。それに国王と私は知己でな。私はちょうどラガスクの魔術顧問に就任するため、乳母がいる国を通っている時分だったので、彼女のもとへ駆けつけた」

ところが、手紙に書いてあった場所に、乳母も王子もいなかった。周辺を聞き回ったところ、乳母は国王へ書簡を送った直後、放浪暮らしがたたって身体を壊し、亡くなったというのだ。

王子……乳母の息子だと偽って育てられていた幼子は、どこかの孤児院へ引き取られたという。グウィンは仲間のメウドゥーイたちに頼んで王子を捜索し、ようやく見つけ出した。

「それが一年ほど前になるかな」

さっきから、グウィンの唇が耳に当たる。しかもライトが身じろぎすると、唇は下へ下がり、首筋に這うのだった。

「……っ、あの……グウィン……」

「あのまま院に置いておいたら、追手に捕まるかもしれん。王子を安全な場所に隠しておく必要があった」

それがこれから行く、隠れ家だ。

ところが、王子一人を連れて行くはずだったのに、同じ孤児院にいた獣人の子供二人もついてきた。

王子が弟のように面倒を見てきて、二人も懐いている。とても離れてはいられないと、三人で泣きじゃくり、どうにもならなかったのだそうだ。

王子にも遊び相手がいたほうがいいだろうということで、三人とも連れて来たのだとか。

「あのまま孤児院に置いておくより、獣人の子らにとってもよかったのだと思うが。いかんせん、子守りが大変でな」

「……グウィン……もうっ、わざとかよっ」

ライトはたまらず、声を上げて身を捩《よじ》った。グウィンのスキンシップのせいで、先ほどから下半身が反応している。グウィンもそれがわかったようで、寝間着の裾をたくし上げ、ライトの太ももを撫で始めたのだ。

「声を抑えなさい。壁が薄いんだ。悪かった。お前の肌が心地よくてな」

グウィンはしれっとした顔で腕を伸ばし、逃げるライトの身体を抱きしめようとする。

こいつは実はとんでもない遊び人なのではないかと、ライトは不審の目を向けてしまった。

「また手を貸してやろう。明日から、おちおち自慰もできない環境になるから」

「いいよ、もうっ」

笑いを含んだ声で言われ、もてあそばれている気持ちになる。ベッドの中で逃げると、

「ライト」と優しく囁いて追いかけてきた。

背中から抱きしめられ、うなじに小さく口づけされる。それだけで、じわりと芯に熱が灯った。

「なんか、俺ばっかりでさ。からかわれてるみたいで、悲しくなるんだよ」

ライトは思いきって、本音を訴える。それはグウィンにとって、意外だったようだ。

「そうか、悪かった。からかっているわけではない。お前とこうして触れ合うのは、私に

とっても心地よいのだ」

すまなかった、ともう一度言い、グウィンは背後からライトの顎を取った。振り向かせ、唇を合わせる。キスが心地よくて、逃げなければと思うのにされるがままになってしまう。

「私にこうされるのは、嫌か？」

「嫌じゃないから困るんじゃないか」

恨めしく思いながら睨むと、グウィンは目を細めた。それから、ぐっと自分の腰をライトの尻に押し当てる。硬いものが当たって、ライトはびくっと身を震わせた。

「あ……」

ふい、と顔をそむけると、グウィンは背後からがっちりと抱きしめてきた。グウィンのほうが力が強いから、本気で抱かれると身動きが取れない。グウィンは自身の硬いものを、ライトにぐりぐりと押しつけてくる。

「も、やめ……」

身動きするうちに、互いの寝間着の裾がめくれ、グウィンの性器がライトの足の間に押し当てられた。ライト、と耳に甘く囁かれる。

「どうして今まで、手を貸す以上のことをしなかったのか、わかるか？」

「知らな……あ、やめ……」

内股に太く熱い性器が潜り込んでくる。大柄なグウィンの身体に見合った、ずっしりと重量感のある性器だった。ぬるりとした感触と、陰嚢《いんのう》を押し上げる感覚に甘い疼《うず》きが走る。

「エルフというものは、人よりよほど性欲が強いのだ。私が本気でお前を抱いたら、お前は旅を続けられなくなるだろう。この滑らかな肌と、引きしまった尻は、たいそう魅力的なのだが」

「あ、あ……っ、も……このっ、エロエルフ！」

肌をまさぐられ、ライトの股に性器を挟んだまま、軽く腰を振られた。自分を翻弄するエルフに悪態をつくと、耳もとでクククッと笑う声が聞こえた。

「可愛《かわい》い罵倒だな。お前は男を煽《あお》るのがうまい。今まで、男に抱かれた経験は？」

「ねえよっ。あるわけないだろ。女とだって、ろくにないのに」

半ばヤケになって言ったら、また笑われた。ライトの性器に大きな男の手が伸びてくる。

軽く扱かれただけで、達してしまいそうだった。

「いつか、お前の後庭を犯したいものだ」

蠱惑的《こわくてき》な声がして、ドキリと胸が鳴った。

「今、やればいいだろ」

ここまでしておいて、今さらだ。腰を打ちつけられるたび、ひくりとライトの尻の窄《すぼ》まりが震える。アナルセックスなんてしたことないのに、そこに入れられたらどんな感覚だろうかと考えてしまう。自分は、おかしくなってしまったのだろうか。

「……ライト。どこか不快か？」

自身の変化に不安を感じた時、グウィンが優しく尋ねてきた。心から案じてくれるその態度に、不安はたちまちどこかに行ってしまう。

男の腕の中で、小さくかぶりを振った。

「違う、逆だよ。気持ちいいんだ。だから戸惑ってる」

グウィンの前で取り繕っても仕方がない。素直に言うと、背後からため息のような声が漏れた。

「まったく。本当にお前は……」

その先は聞こえなかった。耳たぶを甘噛みされ、「あっ」と声が上がる。グウィンにしては、いささか乱暴な愛撫だった。

「何……あっ」

ライト、と掠《かす》れた甘い声が耳朶《じだ》に響いた。再び腰を打ちつけられ、ライトも声を上げる。

グウィンは腰を使いながら、ライトの身体のあちこちをまさぐり、手や唇で愛撫を繰り返した。うなじや肩口にキスを落とし、乳首をこね、ライトの性器を扱き上げる。

まるで貪り尽くすかのような勢いに、戸惑いながらも悦《よろこ》びを感じた。

「お前を犯したい。この小さな尻に私の一物を埋め込んだら、どんなに心地いいだろうな」

「だから……あ、やっ」

「無理だと言っただろう。お前の、この」

と、グウィンは言い、ライトの窄まりに指を這わせた。

「ひぁ……」

「慎ましいつぼみをこじ開けたら、一夜では終わらないだろう。私はきっと、昼も夜もなくお前を犯し続ける。旅には不向きな行為だ。健康を取り戻したばかりのお前の身体にも、少なからず負担をかける」

だから抱かない、という。自慰を手伝うだけにとどめていたのは、ライトの身体を思ってのことだった。それがわかっただけでも、ホッとする。

「じゃあさ。じゃあ、いつか。落ち着いたら、抱いてくれよ」

気づけばそんな言葉を口にしていた。

自分はグウィンに惹かれている。命を救われ、心も身体も癒やしてもらった。こんなふうに甘やかされて、好きになるのは仕方のないことだと思う。

けれどグウィンが何を思い、ライトを抱こうとしているのかわからない。

多少は興味と好意を持ってくれているのだろう。でも、ライトと同じ感情を持っているわけではないだろう。だいたい、この美丈夫が惹かれるほどの魅力など、ライトにはない。

よくわからなくて、でも疑問を口にする勇気はなかった。

ただわかっているのは、自分がグウィンを好きだということ。一度でいいから、彼に抱かれたいと思っているということだ。

それ以外は考えなくていい。期待してはいけない。ただ今はグウィンの優しさと、彼の施す快感に身をゆだねたい。

「ああ……」

掠れた声で、グウィンが答えた。

「いつか……そうだな。すべてが片づいたら、お前を抱きたい。存分に、心ゆくまま……」

その時を夢想するように、グウィンは言った。その間も飽かずに腰を穿《うが》ち続け、ライトの性器を愛撫する。

「あ、あ……グウィン」

「ライト……っ」

互いの名を呼び合い、窮屈な姿勢で、それでも夢中で唇を合わせた。吐息が混ざり合い、快感と甘酸っぱい切なさが全身を駆け抜ける。

ライトが身体をのけ反らせて射精すると、グウィンも低くうめき、どっと精を吐いた。

エルフは性欲が強いのだという、その言葉を裏づけるように、大量の精液だった。内股がグウィンのもので濡《ぬ》れそぼり、それがライトを喜ばせる。

しばし二人は、名前のつかない充足と快楽に耽《ふけ》るのだった。

最後の町を出て半日ほど歩いた後、二人は街道を逸《そ》れ、森の中へと入っていった。

どこまで続くかわからない、鬱蒼とした暗い森だ。馬を引きながら道のない草むらを歩くのは、都会育ちのライトにはなかなか骨の折れる仕事だった。

確かに、こんな旅の前に激しいセックスをしたら、途中でへばってしまっただろう。

宿を出る前の晩を思い出し、ライトは一人で顔を赤くしてしまった。

（頭、切り替えないと）

これから小さな子供たちと会うというのに、よこしまな気持ちでいるのは気まずい。

ぺちっ、と自分の頬を叩いて活を入れる。前を歩くグウィンは、そんなライトを振り返り、くすっと笑った。ライトは、

（半分はあんたのせいだからな）

という気持ちを込めて睨んだが、フフッと楽しそうに笑われただけだった。

「隠れ家って、この先にあるのか？」

歩いても歩いても似たような景色が続くので、どの方角に向かっているのかわからない。

しかし、グウィンの足取りに迷いはなかった。

「いいや。目的地はここから、うんと遠くだ。険しい山をいくつも越えねばならん」

「えっ」

グウィンの口ぶりから、目的地はすぐそこだと思っていた。

「ただし、魔術を使えばそう時間はかからない」

「瞬間移動ってやつ？」

昔、漫画でそういうのを読んだ気がする。どこにでも好きな場所に、瞬間的に移動できるというものだ。

「瞬時に移動できるが、どこにでも行けるわけではないな。移動元と移動先に魔術で拠点を作らねばならないから、誰も行ったことのない場所には移動できない。それから移動先の座標を正しく指定する必要があるし、これから移動する先は魔術鍵を施してある」

住所を知らなければ、郵便が届かないのと同じだろう。さらに隠れ家だから、侵入者を防ぐために拠点を施錠しているという。

さらにこの魔術は拠点を作る際、誰を移動させるか、何を移動させるかによって、設定を変えなければならないなど、いろいろ制約があるのだそうだ。

確かに、どこにでも自由に移動できるなら、今までの長い旅も必要なかった。

「どんなに高度な魔術も、万能ではあり得ない。ラガスク王あたりは、そのことを誤解しているようだがな。さあ、このあたりでいいだろう」

グウィンは自分が持っていた馬の手綱をライトに預け、懐から鈴のような、手提げ紐《ひも》のついた丸い道具を取り出した。澄んだ声で、静かに魔術式の詠唱を始める。

聞き慣れない言葉は、エルフの言葉だと以前、教わった。魔術を使用する時は、世界公用語とは違う、古エルフ語が用いられることが多いそうだ。ライトもこの旅の間に、ほんの少しだけ古エルフ語を教わった。

グウィンが詠唱を始めると、森の木々がざわめき始めた。その風は一度、グウィンが手にした道具に向かい、やがて風が止《や》むと今度は道具から光の粒がサラサラと流れ出した。

ライトがこの世界に召喚された時、目にしたものと同じだ。

光の粒は、詠唱を続けるグウィンの足元に、円を描くように溜《た》まっていく。嫌な記憶がよみがえり、ライトはゾッと背筋を震わせた。

「扉ができた。ライト、馬を引いてこちらに来てくれ」

やがて詠唱を終えたグウィンに声をかけられ、我に返った。グウィンが手招きしている。

「この、光の円が扉だ。この中に馬と一緒に入るんだ。……ライト？」

「あ、うん」

「魔術が怖いか？」

「……少し。それに俺、光らなかったから。魔術が効かないかもしれない」

どういうことだ、と首を傾げるグウィンに、ライトは召喚された時のことを話した。

光の御子と呼ばれた、四人の高校生だけが光の粒を纏っていたこと。ライトや、地面に散らばったコンビニのゴミは光っていなかった。

ラガスク王はそれを見て、ライトを異端とみなしたのだ。

「なるほど。お前だけがのけ者にされた理由は、それか」

話を聞いたグウィンは、小さく嘆息する。それからライトを安心させるように、優しく微笑みかけた。

「召喚の儀の時、お前だけが光を帯びなかったからといって、魔術が効かないわけではない。光の御子についても、詳しく話をしよう。だがそれは、目的地に着いて落ち着いてからだ。大丈夫だ。私を信じてこちらにおいで」

手を差し伸べられ、ライトはようやく足を踏み出すことができた。二頭の馬も、光の円に怖がることなく大人しく引かれる。

ライトと馬たちが円の中に入ると、グウィンは再び詠唱を始めた。同時に円を描いていた光の粒がさあっと立ち上り、周りが光に包まれる。かと思うと、光は潮が引くように遠く引いていった。再び周りを見回すと、あたりの景色が変わっていた。

森の中には変わりがないが、木々の種類が違う。気温も先ほどよりひんやりしていた。

「もう着いたのか?」

「ああ。その先に、楠《くすのき》の大木があるだろう。そう、一番大きな樹だ。入る時は手を繋ごう。ライトのことはまだ、鍵に登録していないからな」

それからライトは、なんとも不思議な体験をした。二人は一方の手で馬を引き、空いた手で手を繋ぐ。そうして真っ直《ます》ぐ楠へ歩いて行き、ぶつかるかと思いきや、するりと楠をすり抜けた。

驚いて目を瞬いた時には、もう目の前にはぽっかりと開けた原っぱがあり、その向こうに古びた煉瓦《れんが》造りの家があった。

「わ……」

鄙《ひな》びているがどこか心安らぐ風景に、ライトは声を上げた。魔法のある世界に来たのだと、今ようやく実感した気がする。

不思議な技を目の当たりにして、心が躍った。

「すごい。魔術ってすごいな」

我知らず、笑顔になっていた。グウィンは驚いたように一瞬だけ目を見開き、すぐに目元を和ませる。

「ああ、そうだな。もしその気があれば、ライトも……」

その時だった。家の中から、「ああーっ」と叫ぶ声がして、ドアがガタガタ揺れた。かと思うと、勢いよくドアが開く。ドアは調子が悪いのか、開いた拍子に嫌な軋《きし》みを立てて、斜めになっていた。中から小さな子供が二人……いや三人、飛び出してくる。

「グウィンさまーっ」

まだ三つか四つの子供が、幼児にしては目を瞠る速さでこちらに駆けて来た。その後ろから、同じくらいの年格好の子供が、こちらは幼子らしい足取りでぽてぽてと走って来る。

「待って、ぼくも……グウィンさまーっ」

先を走る二人は、グウィンの前まで来ると、ぴょん、と跳ねてグウィンの身体に蟬《せみ》のようにしがみついた。よじよじと長軀《ちょうく》を器用に這い上る。

ライトは呆気《あっけ》に取られていたが、グウィンは慣れているのか、髪を引っ張られたりして時おり顔をしかめながらも、笑って子供たちを抱き上げた。

「グウィンさま、おかえりなさい！」

「おかえりなさいっ」

「ただいま、子供たち」

グウィンに抱えられた子供たちは、二人とも獣の耳と尻尾があった。そういえば、獣人の子供が二人いると言っていたのだったか。

一方は明るい茶色の髪をして、同じ色の尖った耳と、たっぷりした尻尾を持っていた。もう一人のほうは、黒に近い茶色の髪で、丸っこい耳と尻尾がある。

獣人と一口に言っても、ルーツによって種族が異なるそうだ。

（狐……と、狸か？）

こちらの世界にも存在するのかわからないが、形状はそっくりだった。

「待って……あっ」

獣人の子らを追って走って来るのは、金髪に耳の尖ったエルフの子だった。彼だけ年上だというが、獣人の子たちと同じくらいに見える。

エルフの子は頑張って走っていたが、途中でべしゃっと顔から転んでしまった。

「う……」

泣きそうになって、ぐっとこらえる。起き上がろうとして、また泣き顔に歪んだ。それをこらえようとすると、起き上がれなくなる。

「う、ぇ……」

「おい、大丈夫か？」

見ていられなくなって、ライトは思わずエルフの子に近づいた。抱き上げると、びっくりしたように涙の溜まった大きな目を見開く。

「だれ？」

「彼はライトという。人族の子だよ。スルイドか、ポルフォルから聞いてないか？　これからしばらく、ポルフォルに代わってお前たちと暮らす」

ライトの代わりに、グウィンが答えた。

「人族……」

エルフの子は、まじまじとライトを見た。

「にんげん？」

「おしっぽない！」

獣人の子らは、ライトを見て興奮する。きゃっきゃっ、とグウィンの腕の中で暴れた。

「痛っ……」

その拍子に、狐の子の拳がグウィンの顎に当たっていたが、子供たちは気にしていないようだった。

（やっぱ、大変そうだな……）

ライトが子守りに対してにわかに不安を覚えた時、家の奥から大人の男性が現れた。耳が尖っていて、後ろで無造作に束ねた長い髪の色は淡い栗色《くりいろ》だ。彼もエルフらしい。

「こらっ、乱暴に扉を開けてはいけないとあれほど……あーっ、扉が！　今朝直したのにっ……え、グウィン様？」

「ポルフォル。大儀だったな」

「……ほ、ほんとですよ。遅いですよ、グウィン様ぁ」

ポルフォルと呼ばれた、いささかやつれ顔のエルフは、グウィンを見るなり泣くように言って、くしゃりと顔を歪めた。

狐の獣人の子は、アル。狸の獣人の子は、ディーという。少し前に四歳になったと言っていた。

それからエルフの子はエシル。彼はもう六歳になるのだけど、エルフはゆっくり年を取るので、年格好はアルやディーと変わらないのだそうだ。

それから、グウィンと同じメウドゥーイのポルフォル。ちょっぴり糸目の彼は、ライトとそう変わらない年齢に見えるけれど、実際は八十を過ぎているのだとか。

ライトのことは、グウィンから事前に魔術を使った通信で知らされていたらしく、「彼が異界人ですか」と、物珍しそうにライトを眺めていた。

「こちらの人族と、変わりがありませんねえ」

グウィンは連れて来た馬をポルフォルに預けると、三人の子供たちと共に、隠れ家の中を案内してくれた。

二階建てに屋根裏のついた煉瓦の家は、童話の世界のようだ。簡素だが土台はしっかりしていて、中は清潔に保たれていた。

ただ、いささか建てつけが悪いらしく、家の扉は蝶番《ちょうつがい》が外れかけている。

工具はあったので、ライトはそれを借りて扉を修理した。

「ほう、うまいものだな」

「ポルフォルより上手だね」

グウィンとエシルに感心したように言われて、ライトは照れた。

「元の世界では、こういう仕事をしてたから」

「大工だったか」

「大工とはちょっと違うけど、家の修理はだいたいできるよ」

「おもちゃもなおせる？」

アルが木製の馬のおもちゃを見せて言う。何とかなりそうなので「できる」と言うと、ディーが片手のもげかけたぬいぐるみを持って来た。

「ぼくのタヌさんも、なおせる？」

「針と糸があれば、できるよ」

一緒に暮らしていた祖母に教えてもらったから、繕い物くらいはできる。これも応じると、ライトはたちまち子供たちにもてはやされた。

「ポルフォルもスルイドも、扉は直せるけど、アルのお馬とディーのタヌさんは直せなかったの。ライトはすごい魔術師なんだね」

「いや、俺は魔術師じゃないんだ」

「魔術はこれからだ。エシル、お前が先生になって、ライトに教えてあげなさい」

ライトの言葉を引き取って、グウィンが言う。

「エシルは、ここに来てから基礎魔術を学び始めた。賢い子だし魔術の才能がある。ライトも基礎を学んでみるといい」

「俺も、魔術が使えるのか？」

旅の途中、魔術についても学んだが、理論だけで実践はできないと思っていた。自分は光の御子とは違う。

「エルフほどではないが、人族ならば練習すれば多少は魔術が使えるようになるはずだ。しかも私の推論が正しければ、ライトはかなりの使い手になると思うがな」

「それは、どういう……」

詳しく聞こうと思った矢先、馬屋に馬を繋いだポルフォルが戻ってきて、みんなでお茶を飲むことになった。

生活の場は一階に集約されている。家の扉を入ってすぐの部屋が、食堂兼、みんなの居間だった。暖炉の前に丸い大きなテーブルが置かれ、普通の椅子の他に、子供用の椅子が三脚並んでいる。

ポルフォルが淹《い》れてくれたお茶はほのかに甘く、花の香りがした。

「一日三回の食事の支度と、掃除と洗濯。あと鶏《とり》の世話。子供たちも手伝ってくれますが、他にも細々とやることがあってですね。いちおう、この一週間でひととおりは教えますけど……グウィン様、本当にライトと子供たちだけで大丈夫ですか。大人一人って、かなりしんどいですよ。辛いですよ」

これから一週間、グウィンとポルフォルも隠れ家に滞在し、ライトに生活に必要なことをレクチャーしてくれるという。

言い換えれば、一週間後にはライトと子供たちが残されるということだ。

ずっとではない。グウィンとポルフォル、それにもう一人、今は所用で不在のスルイドという獣人のメウドゥーイが必要な物資を運ぶついでに、定期的に様子を見に来てくれる。

ただ、それ以外はライトだけで子供たちの面倒を見なければならなかった。

自分にできるのだろうか。やると言ったものの、実際に子供たちと会ってみて、その幼さを目の当たりにすると、きちんと彼らを育てられるのだろうかと不安になる。

「辛い仕事なのはわかる。私もやったからな」

グウィンはすでに落ち着きを失った子供たちを見て、遠い目になった。ディーが「ぶいーっ、ずしゃーん」と謎の擬音と共にタヌさんを激しく揺り動かしている。

ディーに触発されたのか、アルが「しゅーっ、ばーん」と馬のおもちゃをタヌさんにけしかけた。たちまちテーブルの上で抗争が始まる。

「こらこら、お茶と食事の時はおもちゃをしまうこと。言ってるでしょう」

ポルフォルが糸目を吊り上げた。アルとディーは一度は素直に「はーい」と後ろ手にぬいぐるみとおもちゃを隠したものの、じっとはしていられない。すぐにまたテーブルの下で「ぶい、ぶいーん」「どどどーっ」と小声で抗争を再開した。

「こらっ、言うこと聞かない子は、厠《かわや》の掃除当番ですよっ」

ポルフォルが叫ぶ。エシルは年長だから大人しいかと思いきや、子供用の椅子を落ち着きなくギッタンバッタン揺らしていた。

グウィンに「危ないからやめなさい」とたしなめられて、「はい」と大人しくなるのだが、ものの数分でまた椅子を揺すり始める。

ゆったりお茶の時間を楽しむことは、この家では不可能なようだった。

「わかってはいるが、人手不足なのだ。それに、この家のことを知る者は少ないほうがいい。出入りする人数が多いと、出先で目立つこともあるからな。悪いがライト、しばらく頑張ってくれるか。私もポルフォルたちも、できる限り頻繁に様子を見に来る」

不安はあるがやるしかない。エシルは命を狙われている。子供の命がかかっているのだ。それに、グウィンの役に立ちたいという気持ちは、今も変わらず強くある。

(グウィンが俺に任せてくれたんだ。頑張ろう)

ライトがうなずいて「わかった」と答えようとした時、

「ばばばばばーんっ」

「ずどどどどーん。どーんのほうがばーんより強いの」

「ずるい。じゃあじゃあ、ぼくね、ぼぼぼぼーん。ぼーんのほうがもっと強い」

突然、謎の抗争が激化した。ポルフォルが目を吊り上げて口を開きかけた時、椅子を揺らしていたエシルが、バターンと椅子ごと後ろに倒れた。

「わーんっ」

頭を打ってエシルが泣き出し、驚いたアルがカップをテーブルに倒す。タヌさんがお茶まみれになって、ディーも泣き出した。

(がんば……れるかな)

三人三様に騒ぐ子供たちを見て、ライトの不安はさらに大きくなるのだった。


「いや、でもですね。今日の子供たちはとりわけ興奮してたんですよ。グウィン様に久しぶりに会えて嬉しかったんでしょう。いつもはもう少し大人しいような……気がしなくもなくもないです」

ポルフォルは取り繕うように、何度もそんなことを言っていた。げっそりしている彼が言っても、あまり説得力がない。

お茶の時間は子供たちの騒ぎで打ち切られ、その後はグウィンとライトが子供の相手をしている間に、ポルフォルが夕食の支度をしてくれた。

邪魔されずに食事の支度をできるのが嬉しい、と泣くように言っていたから、日頃は苦労しているのだろう。ライトも思わず遠い目をしてしまう。

はしゃぐ子供たちをなだめつつ食事をし、ポルフォルが沸かしてくれた風呂に子供と共に順繰りに入った。寝る前には厠に行かせ、二階の子供部屋に押し込む。まだ眠くないだの、お話ししてだのと言う三人をあやすのがまた大変だった。

子供たちを寝かせた後も、野宿の時にはなかった細々とした仕事があり、大人たちは家事を終えてようやく床に就くことができた。

「俺、どんどん不安になってきた」

寝室にグウィンと二人きりになるなり、ライトは心情を口にした。

「なんのなんの。なかなか子守りが板についていたぞ。私の初めての時よりも、よほど堂に入っている」

寝巻に着替えながらグウィンが言うが、素直に喜べない。

それでも、綿の入ったふかふかの布団に入ると、ようやく旅が終わったのだという安堵が込み上げてきた。

グウィンがベッドに入って来ると、つい習慣で身体をすり寄せてしまったが、はっと我に返る。

旅の間は特別だった。グウィンは弱ったライトを癒やすために、甘えを許していたのだ。そろそろけじめをつけなくてはいけない。

そう考えて身を離したのだが、グウィンは喉の奥で笑ってライトの肩を抱き寄せた。

「もう二人きりだ。誰に遠慮することもないだろう」

ポルフォルは一階にあるもう一つの寝室で寝ている。ここは二階の子供部屋の隣で、普段は子守り留守居役の部屋だ。

大人用のベッド二つを繋げた広い寝台に、最初のうちは大人と子供たちとで寝ていたそうだ。今は子供用のベッドを三つ作り、子供たちだけで寝かせている。

部屋割りはどうしましょうか、と言ったポルフォルに、グウィンはごく当然のように、「私とライトが上で寝る」と告げた。ポルフォルはちらりとライトを見ただけで、あとは何も言わなかった。

ライトとグウィンの関係に、ポルフォルは気づいただろうか。

いや、スルイドがいる時はベッドが一つ足りないはずだから、この寝台に二人で寝るのは珍しいことではないのかもしれない。

グウィンは自分のことをどう思っているのか、とまた考えかけてやめた。二人の関係がどうであれ、一週間後にはグウィンはいなくなる。

どこで何をするのか知らない。ただ、藩の内乱と藩主の座がかかった問題だ。暗躍するメウドゥーイたちにも、危険は伴うだろう。子守りより、グウィンの身の上が不安だ。

「俺はこの隠れ家で安全だけど、あんたはそうじゃないんだよな。ちゃんと、無事に戻って来られるんだよな？」

隣の男の身体に縋る。グウィンは優しくライトの肩を撫でた。額に、グウィンの唇の感触がある。

「心配しなくていい。私は絶対に無事に帰って来る。約束する。絶対にだ。私がいなくなったら、お前も子供たちも寄る辺がなくなってしまう。そんなことは絶対にしない」

ライトはグウィンのことを心配しているけれど、グウィンは子供とライトのことばかり考えている。

ふと、この逞しい男の肩には、どれほどの重責が乗っているのだろうと思った。

「昼に言ったが、エシルに魔術の基礎を習うといい。教えることであの子の復習にもなる」

「俺も練習すれば使えるだろうって、言ってたよな。本当に？」

この世界では、生き物はすべて魔力を持っているという。種族や個体によって魔力の量には差があり、魔力の量が少ない場合は、魔術を活用するに至らないのだそうだ。

「人族は、エルフほど魔力が多くない。獣人族に比べると多いが。それでも、魔力の活用を覚えれば手妻《てづま》くらいはできるようになる」

「うーん、手妻って、手品かあ」

あまり使いどころはなさそうだ。ちょっと期待していたから、がっかりした。

「手妻もそう、馬鹿にしたものではない。いろいろ応用すれば、実生活に活用できる場合もある。それにおそらくライトは、一般的な人族より魔力が大きいと思うぞ」

そういえば、今朝もそんなことを言っていた。

「魔力なんて感じたこともないけど」

「身体の中に当たり前にあるから、気づかないだけだ。お前は……お前もおそらく、『光の御子』なのだよ」

聞き慣れた名前に、心の奥がざらりとした。

「意味わかんねえ」

光の御子には、複雑な思いがある。今さら、お前もそうだと言われても嬉しくない。

「俺にも、国を救うくらいの魔法が使えるってことか？」

「素養はあるだろう、ということだ。お前は我々エルフと同じくらいか、それ以上の魔力を秘めている。狂王は勘違いをしているんだ」

ラガスク周辺に古くからある伝説は、「人々が抗いがたい困難にある時、異界の門より四人の光の御子が現れ、この世の人々を救うだろう」というものだ。

話が伝播《でんぱ》するにしたがって、「人々」が「国」になったり、「ラガスク国」になったりした。しかし、光の御子が四人、という部分は変わらなかった。

「それで狂王は、光の御子は四人しかいない、と思い込んだのだろう。実際は違う。異世界から生き物を召喚した時、この生き物は通常にはない魔力を帯びるようになるのだ」

「魔力を、帯びる？」

「そう。時空を超えるために、生き物は一度、魔術によって解体され、再びこの世界の仕様に再構成される」

だからライトたちは、この世界に召喚された途端、世界公用語が話せるようになった。そんな話を、旅の途中で聞いたのだったか。

「解体し再構成されるには、膨大な魔力が必要になる。その魔力が召喚された生物の中に凝縮され、だからこそ異界からの来訪者は強大な魔力を持つことになるのだ」

分子に放射線を当てて組み替える、みたいなものだろうか。中学の授業でそんなことを聞いた気がする。物質を変えることはできるが、強い放射能を帯びるとか。

「じゃあ、光の御子は四人だけじゃなくて、異世界から呼ばれたら、みんな光の御子になれるってことか」

「そのとおり。人間でなくても、生き物なら虫でも鳥でも同じだ。召喚の儀の際、お前だけ光を帯びなかったというが、召喚の儀があの四人を呼ぶためのもので、お前は巻き込まれただけだからだろう。げんにこうして、お前に触れて意識を研ぎ澄ませると、お前の中に少なくない魔力を感じる」

グウィンは言いながら、ライトの首筋に唇を押しつける。布団の中で尻もまさぐられた。どうも触りたいための方便のように思えてならない。

「ほんとに感じるのかよ」

疑わしげな目を向けると、グウィンは本当だと請け合った。

「お前も魔力を操る術を身につければ、気配を感じられるようになる。素質があるのだから。しかし、ラガスク王は魔術の素質もなければ、魔術の理論も学んでこなかった。召喚の儀に携わった魔術師たちは気づいていただろうが、伝説の御子は五人ではなく四人だからな。王が信じている伝説に異論を挟むのは死に等しい」

それではライトは、ラガスク王の勘違いと、城の魔術師たちの忖度《そんたく》で殺されそうになったということになる。

「くそっ、腹が立つな」

「すまない。私がいれば、そもそも召喚などさせなかった」

「あんたのせいじゃないよ。それに、あのジジイに利用されなかったんだから、今となってはよかったと思う」

もし光の御子に認定され、王に取り込まれていたら。考えてもゾッとする。

今だから言えることだが、王に捨てられてよかった。そしてグウィンがいてくれたのは本当に幸運だった。

ライトのそうした言葉に、

「お前がそうして前向きでいてくれるから、私もホッとできる」

グウィンは柔らかな声でつぶやきを返した。

「ラガスクでのことは、お前の心を深く傷つけただろう。容易に立ち直れるものではない。今も完全に癒えてはいないはずだ。それでもそうして、前を見て生きるお前の心根は尊いものだ」

「俺が前向きだっていうなら、それはあんたがいてくれたからだと思う。こうやって俺を癒やしてくれるから」

ライトは言って、男の身体に鼻先をすり寄せた。身体の奥が熱い。でもさすがに、隣に子供たちがいる状態で性的なことをするのは気が咎める。

グウィンも同じ考えだったのか、いつもはライトの身体をまさぐる手は、今夜は優しく肩や頭を撫でるだけだった。

「私もお前に癒やされている。しばらく会えないのは寂しい」

嬉しかった。心臓が跳ねた。彼も少しは、名残を惜しんでくれているのだ。

「俺、エシルに教えてもらって魔術を勉強するよ。あんたが帰って来たら、びっくりさせてやる」

だからどうか無事で、一日も早く再会できますように。

「それは楽しみだ」

低く囁く声が言い、二人は寄り添い、互いの温もりを感じながら眠りに落ちた。


翌日からは、グウィンとポルフォルから、隠れ家での暮らしについてのさまざまなレクチャーを受けた。

旅の中で学んだこともあるが、薪風呂の沸かし方や台所のかまどの火の起こし方、厠の掃除に至るまで、便利な現代の暮らしに慣れたライトには、珍しく初めての経験だった。

子守りと家事以外にも、生活物資の管理など重要な仕事がいくつもある。

家の裏には地下に貯蔵庫が作られていて、中には保存のきく野菜や果物、保存用に加工された肉に魚、乳製品などが詰まっていた。まず重要なのは、これらの管理だ。

野菜や果物がそんなに長く保存できるなんて、ライトは知らなかった。でもそれも、保存方法が正しくなければ腐ってしまう。

それから野菜やハーブを育てる小さな畑と、鶏の世話もしなければならない。

連れて来た馬は、グウィンとポルフォルが出て行く時にまた、連れて行くのだそうだ。

馬の世話まで手が回らないから、安心した。

「わからないことがあったら、子供たちに聞いてくれ。冬支度を始めるまでには一度、戻って来る」

グウィンが言い、子供たちは得意げに胸を張っていた。

六つと四つの幼い子供たちは、けれど実際、ライトよりよほどものを知っていた。それに働き者だ。

鶏の世話をよくするし、掃除と洗濯も器用にこなす。エシルは畑に詳しい。どれも孤児院にいた時からやっていたのだそうだ。

ライトがいた国とは違う、小さな子供も当たり前に仕事をする。

「孤児院は川の水で洗濯してたから、冬になると手がすごく痛くて眠れなかったの。でもここは井戸の水だから、痛くないよ。あかぎれの薬もあるから大丈夫」

初めての仕事ばかりで戸惑うライトに、エシルが励ますように言った。彼の手をよく見ると、子供とは思えない労働の痕があった。

本来なら人々にかしずかれる身分なのに、痛くて眠れないくらいのあかぎれを作って、働いていたのか。

胸を突かれたライトは、早く仕事を覚えようと身を引きしめた。

グウィンとポルフォルの助けもあり、それから一週間で、どうにか仕事を覚えることができた。覚えが早いと驚かれたけれど、ライトも以前から家事はしている。家電などない世界だから、手間はかかるけれど、作業自体はそう難しいことではなかった。

それでもグウィンとポルフォルはしきりに感心していた。最初にメウドゥーイになった頃は、二人とも家の中のことは何もできなかったのだそうだ。

そんな話を聞き、彼らはひょっとして、身分の高い人たちなのではないかと思う。少なくとも、周りに家事をしてくれる人がいて、自分たちは何もする必要がなかったのだろう。

二人ともライトがする、ちょっとした作業にも覚えが早いと感心する。

グウィンたちが隠れ家を発《た》つ前日、三人目の仲間、スルイドがやってきた。

彼は獣人だと聞いていたが、豹頭《ひょうとう》に人間の身体を持つ、半人半獣の逞しい男だった。ロシアンブルーのように灰色の毛並みが美しい。

獣人の血が濃いと、このようになるのだという。年は三十そこそこらしいが、倍以上年上のポルフォルより落ち着いて見えた。

「モフおじさんだ！」

「おじさん、モフモフさせて！」

「あっ、あっ、ぼくもっ。モフりたい！」

グウィンとライトが来た時のように、子供たちは大はしゃぎしていた。単調な生活で、変化があるのが嬉しいのだろう。

POSTCARD

STAMP HERE

101-8405

東京都千代田区
神田三崎町2-18-11

二見書房
シャレード文庫愛読者 係

通販ご希望の方は、書籍リストをお送りしますのでお手数をおかけしてしまい恐縮ではございますが、**03-3515-2311までお電話くださいませ。**

<ご住所> □□□-□□□□

<お名前> 様

＊誤送を防止するためアパート・マンション名は詳しくご記入ください。
＊これより下は発送の際には使用しません。

TEL	職業／学年
年齢　　代	お買い上げ書店

Charade愛読者アンケート

この本を何でお知りになりましたか？

1. 店頭　　2. WEB（　　　　　　）　3. その他（　　　　　　　　　　　　）

この本をお買い上げになった理由を教えてください（複数回答可）。

1. 作家が好きだから（小説家・イラストレーター・漫画家）

2. カバーが気に入ったから　　3. 内容紹介を見て

4. その他（　　　　　　　　　　　　　　　　　　　　　　　　　　）

読みたいジャンルやカップリングはありますか？

最近読んで面白かったBL作品と作家名、その理由を教えてください（他社作品可）。

お読みいただいたご感想、またはご意見、ご要望をお聞かせください。

作品タイトル：

ご協力ありがとうございました。

お送りいただいたご感想がメルマガに掲載となった場合、オリジナルグッズをプレゼントいたします。

「これ、これ。子供たち。落ち着きなさい。そして私はおじさんではない」

スルイドが穏やかな声音で言い、その後は一週間前と同じだ。騒がしいお茶と食事の時間、仲間が全員揃《そろ》い、その日はひときわ賑《にぎ》やかだった。

夜、子供たちを寝かせた後、大人たちは食堂に揃って話をした。子供たちがいる時の楽しい話題とは打って変わって、深刻な話だった。

「『宵草の国』の前藩主派は、すでにエシルの生存に気づいているようです。今の藩主がエシルを探し続けているのを聞きつけたようで。にわかに動きが活発化しております」

「すぐに行動を起こさないといいが。……前藩主派、エシルの父の側近だった人々だ。ここに来る前に少し、話したな」

グウィンが、事情を知らないライトに説明してくれた。

ライトははじめ、自分が聞いてはいけない話だろうと思い、席を外そうとした。しかしグウィンから、お前も聞いていてくれと言われたのだ。

前藩主派、エシルの父に従ってきた家臣たちは、政権交代と共に閑職に追いやられ、さらにエシルを殺したのは現藩主ではないかと疑っていた。

そんな中、現藩主が死んだはずのエシルを探していることを知ったのだ。疑念が確信に変わったというわけだ。

「前藩主派も、エシルの捜索に必死になっています。エシルが生きていれば、彼こそ正統な先代の後継者ですし、エシルがもし何か知っていれば、今の藩主の罪も明らかにできるかもしれないですからね」

　スルイドも、グウィンと同様にライトにもわかりやすく状況を説明してくれる。

　前藩主の家臣たちはエシルを探し出し、彼らの復権のための旗印にするつもりだ。グウィンがエシルを保護して以降、彼らにも生存を知らせなかったのは、みだりに一つの派閥に加担して『宵草の国』が混乱に陥るのを防ぐためだった。

「現藩主も、前藩主派の動きを察知し、警戒しているようです。さらに血統派と呼ばれる、亡命した大叔父の勢力も、こうした国内の動きを把握し、武装を固めている様子。国内の混乱の機に乗じて、武力行使に打って出るつもりかと思われます」

「血統派の亡命先は、隣国の人族の国だったな。あちらがグウィンフィード王国の内政に干渉するとは思えないが」

　エシルの大叔父たちは、『宵草の国』と隣接する、人族が統治している小国に亡命した。しかし、『宵草の国』にかかわるということは、これを治めるグウィンフィード王国にかかわるということである。

「亡命を受け入れたとはいえ、小国が武力紛争にまで介入するとは思えない。

「まだ確かな証拠は摑んでおりませんが」

　スルイドは言い、翡翠《ひすい》色の瞳でちらりとライトに視線を向けた。

「おそらくは、血統派に例のラガスク王がかかわっているかと」

ライトは息を呑《の》む。もう縁が切れたと思っていたのに、またここでその名を聞くとは思わなかったからだ。しかし、グウィンに驚いた様子はなかった。

「そうか。やはり、この件とラガスクは繋がったか」

「なんでラガスクが」

あの国から、『宵草の国』があるグウィンフィードは相当遠いはずだ。そう口にしかけて、思い出した。

「あ、秘宝」

ラガスク王は、グウィンフィードにあるエルフの秘宝を手に入れようとしていた。

「そうだ。グウィンフィードの中枢に入り込むことは難しい。まず足掛かりとして、藩主と繋がろうとしたのだろうな」

「ラガスク国は、他国に介入している余裕なんてないはずですけどね。召喚魔術に税をつぎ込んで、国庫は火の車です」

ポルフォルが、どこか呆《あき》れた口調で言う。

「武力を提供するつもりだろう。自分が呼び出した光の御子をな。そして次に彼らを、グウィンフィード中央にぶつけ、秘宝を奪う。おそらくはそういう腹づもりだ。しかしさて、現実にそううまくはいかん。光の御子の真実を知った時、ラガスク王がどう出るかだな」

グウィンは複雑な表情をしていた。その気持ちが、ライトには少しだけわかる気がする。彼は、ライトと一緒に召喚された高校生たちの身を案じているのだ。

厚遇されているとはいえ、いきなり見知らぬ世界に連れて来られたのだ、不安を覚えないはずがない。

加えて、ラガスク王は「光の御子」について、自分に都合よく誤解している。

その身に秘めた魔力は膨大かもしれないが、ライトを含む召喚されたばかりの人間は、魔術を操るすべを知らないのだ。

ラガスク王がその事実に気づいた時、高校生たちはどうなるのだろう。

彼らには最初からいい印象がなかったし、彼らが歓迎されて自分だけ殺されかけた経緯から、僻みに似た思いがあった。

けれど、いけ好かないからといって、ライトと同じ目に遭わせたいわけではない。いや、自分のような境遇は、誰にも経験させたくはない。

真実をグウィンから知らされた今、ライトも彼らが心配だった。

「私は再びラガスクへ潜入し、王と光の御子の動向を探ろうと思う。ポルフォルはグウィンフィード中央へ行って王と連絡を取り、スルイドは引き続き『宵草の国』を探ってくれ。

……大丈夫、魔術で姿を変えることができる。ラガスク王に見つかることはない」

最後の言葉は、ライトに向けられた言葉だった。

ライトを助けたせいで、グウィンもラガスク王に目をつけられている。大丈夫なのかと咄嗟《とっさ》に不安な顔をしたのに、ちゃんと気づいていたらしい。

「ライト。子供たちのことを頼む」

グウィンが言い、ポルフォルとスルイドが労るような顔になった。

「大変ですが、いい子たちですから」

「ええ。みんないい子です。……大変ですけど」

口々に言われると、やっぱり不安になってくる。だが彼らは、もっと大変で危険な場所へ行くのだ。ライトは精いっぱい強気を装って、大きくうなずいた。

「ああ。任せておいてくれ」

短い会合の後、大人四人はスルイドが持ち込んだ火酒でささやかな酒盛りをした。

ほんの短い時間だが、暖炉の火を囲んで他愛もない話をするのは楽しかった。

スルイドは今日初めて会った相手だし、ポルフォルもまだ出会って一週間だ。けれど二人とも気のいい人たちで、ずっと以前からの知り合いのような気がする。

メウドゥーイというのはみんな、こんなに穏やかで善良な人たちばかりなのだろうか。

自分も、彼らの十分の一でもいいから、穏やかで善良でいたいと思う。ラガスクでの過酷な経験をした後は、特に。

この家に来る直前、グウィンはライトに、これから何をしたいのかと尋ねた。

今もはっきりとは答えられないけれど、今後も優しい彼らの手助けができたら、どんなにいいだろうと思う。

酒盛りの後は、一階の客間でグウィンと眠った。二階の広いベッドのほうは、スルイドとポルフォルが使うことになった。

明日から、グウィンとしばらく離れ離れになる。二人きりになって、たくさん言いたいことはあった。最後に肌を合わせたいとも思ったけれど、結局ライトは何も言えず、グウィンも何も言わない。

前の晩と同じように抱き合って眠り、翌朝、三人のメウドゥーイたちは旅立って行った。

こうしてしばらく、ライトと子供たちだけの生活が始まったのだった。

グウィンたちが旅立ち、大人がライトだけになると、子供たちは途端に、別人のように大人しくなった。

ライトが何も頼まないうちから洗濯を始めたし、鶏の世話もした。騒いで手を焼かせることがない。でもちょくちょく、ライトの表情や反応を窺うことがある。

(もしかして、大人が俺だけになって緊張してるのか?)

いったいどうしてしまったのだろうと考えて、ライトはやがて、子供たちの気持ちに気がついた。

子供たちが子供らしくいられたのは、信頼するグウィンたちがいたからだ。ライトとはまだ、出会って一週間しか経っていない。

もっと言えば、ライトが子供たちを虐待するような大人でないとは、誰も直ちに証明することはできない。

そんな、まだよく知りもしない他人と、どこにも逃げられない状況に置かれている。もしライトがエシルたちの立場だったとしても、怯えたり緊張したりしていたと思う。

大人のライトが戸惑っているのだから、子供たちはもっと不安だろう。

小さくても、彼らは世界がどういうものか、大人が誰しもまっとうな大人でないことを知っている。

そう気づいて、ライトは胸が痛くなった。

もっと、グウィンたちのいる時に気づいてやればよかった。そうすればグウィンの口から、ライトは信用できると、彼らが安心するまで説明してもらうこともできたのに。

自分だけが不安を抱いていると思っていた。ライトはそんな己を恥じた。

でも信用しろと言って、すぐにしてもらえるわけではない。彼らが安心して過ごすために、自分には何ができるだろう。

黙々と仕事をこなす子供たちのつむじを眺めながら、ライトは考えた。

「今夜は宴会しよう」

一日の仕事を終えて夕食の前に、ライトは言った。炊事場の井戸で水を汲んでいた子供たちが、きょとんとした顔をする。

「宴会って知らないか？」

「知ってる、けど」

エシルは知っているが、やったことはないと言った。アルとディーは宴会という言葉を知らなかった。

誕生日も祝ったことがないという。彼らのいた孤児院では、そういうイベントはなかったのだそうだ。

「俺とお前たちはまだ、お互いのことよく知らないだろ？　だから、お互いを知るために、宴会をするんだ。よろしくの会、だな。これからよろしくお願いします、っていう宴会」

ライトなりに懸命に説明したのだが、子供たちは今一つぴんとこない様子だった。

へえ、ふーん、というだけで、あまり食いついてこない。

「まあ理屈はいいや。理由もなんだっていいんだ。要は、いつもとちょっとだけ違うことしようぜ、ってこと。ご飯を食べながらおしゃべりして、遊ぶ。今日は寝る時間は自由だ。眠くなったら寝る」

遊ぶ、というのと、寝る時間は自由、という言葉に、子供たちは反応した。アルの狐耳がピン、と伸びる。ディーの丸い耳もピクピクした。

「でも、明日の朝起きられなくなるよ。鶏さんの世話もしないといけないし」

年長のエシルだけは、本当にいいのだろうかとためらっている。

「寝坊してもいいよ。鶏の世話は俺がするから大丈夫。毎日ずっと同じだと、飽きるだろ。楽しいことがあれば次の日も頑張れる。とにかくやってみよう。ダメだったら次にやらなければいいんだ」

子供たちのぎこちなさを、何とかしたかった。どうにかして打ち解けたい。

子供たちのリーダー格であるエシルが、おずおずとだが宴会を開くことを了承してくれたので、ライトは張りきった。

いつもは食後にする水浴びの時間を前倒しにして、子供たちだけで身体を洗っている間、ライトが夕食の支度をする。

食糧は無限ではないが、量だけはたっぷりある。場所が場所だけに、なかなか買い出しに行けないから、備蓄は常に余分に用意してあるのだそうだ。

ライトはその日の夕食を普段よりちょっとだけ豪華にした。

いつもは煮込むだけの芋を、ふかしてつぶし、団子にして香ばしく焼く。また、今日生まれたばかりの鶏の卵をスープでのばして焼き、ふわふわの出し巻き卵にする。

他にも、スープに入れる人参《にんじん》をナイフで花の形に切ったり、盛りつけに苦心して、目新しく華やかな献立にすることに注力した。

「わ、なにこれ!」

ライトの努力の甲斐あって、水浴びを終えてきた子供たちは、食卓に並んだ夕食を見るなり、表情を輝かせた。

「いいにおいする」

「ねえ、この黄色いの何?」

「卵だよ。卵とスープを混ぜて焼いたんだ」

「ねえねえ、じゃあこれは?」

子供たちが興奮してはしゃぐのが、ライトも嬉しかった。みんなでテーブルにつき、食事を始めた。

ライトの作った食事は、どれも子供たちに大好評だった。ほくほくの芋団子や、ふわふわの卵焼きに、三人ともとろけるような笑顔を見せる。

食事が終わると、汚れた食器は水に浸《つ》けるだけにして、暖炉の前に輪になってゲームをした。ゲームといっても、じゃんけんとか、あっちむいてホイとか、特別な道具などない、子供の遊戯だ。

それでも子供たちには新鮮だったようで、興奮して遊びに興じていた。

いつもの寝る時間になると、アルとディーは眠そうに目を擦《こす》り始めたが、「眠くないもん」と言う。そのうちエシルもウトウトしてきて、でも「眠くない」と言い張った。

三人とも、この時間を終わりにしたくないのだ。

「じゃあ続きは、二階の俺の部屋でやろう。ベッドの中でお話会をするのはどうだ。俺の知ってる物語を聞かせるよ」

「おはなしかい、やる！」

楽しい時間が続く、それもベッドの上でと聞いて、子供たちはその時だけビシッと手を挙げた。でもすぐ、眠そうにあくびをしたりする。

ライトは子供たちを順番に厠に行かせ、もう眠くてうずくまってしまったディーを抱き上げて、みんなで二階へ上がった。

「ライトのベッドで寝ちゃったら、どうしよう。グウィン様は、子供は子供部屋で寝なさいって言うの」

ライトの部屋の大きなベッドを見るなり、エシルが心配そうに言った。

「このまま寝ちゃってもいいよ。今日は宴会だからいいんだ」

一日くらい構わないだろう。グウィンたちがいなくなって心細い最初の夜くらい、いつもと違う寝方をしても許されるはずだ。

ライトが言うと、三人は安心したようにベッドに飛び乗った。

「ライト、お話しして」

「お話！」

「いいぜ。全員がベッドに横になったら始めよう」

するとと三人が一斉に、バタンとベッドに倒れこんだので、ライトは笑ってしまった。

上掛けをかけてやり、ライトも横になる。

「ぼく、お話大好き。グウィン様にも、いっぱいお話ししてもらったの」

エシルがワクワクした表情で言う。彼が個人的な主張をするのは珍しかったから、少し打ち解けられたようで嬉しい。

「これから俺がする話はたぶん、グウィンも知らないと思うぞ。題名は『桃太郎』」

みんなが一斉に、知らなーい、と声を上げる。ライトは「むかしむかし」と話し始めた。

でも、アルとディーは桃太郎が桃から生まれる前に眠ってしまった。エシルは頑張って起きていたが、猿と犬を仲間にしたあたりで寝息を立て始めた。

あどけない三人の寝顔を眺め、ライトはその時、グウィンに対するものとはまた違った愛《いと》おしさを覚えたのだった。

その後、宴会は「お楽しみ会」と名前を変え、週に一度行われることになった。

夜、ちょっとだけ豪華な食事をして、眠くなるまで遊び、ライトのベッドで一緒に眠る。

翌朝は寝坊してもいい。

最初の宴会の翌朝も、みんなちょっとだけ朝寝坊した。でも子供たちの顔は明るくなっていたし、もうライトの顔色を窺うこともなかった。宴会作戦は成功だったらしい。

それが嬉しかったし、もっとこの隠れ家の生活をいいものにしたいと思った。

そこでライトは、日課を改善することにした。

便利な文明の利器がないこの世界では、毎日やることがたくさんある。ライトも子供たちも一日中働いて、合間に勉強までしなくてはならない。

子供たちもライトに慣れてくると、暴れ回って言うことを聞かなくなるから、余計に作業効率が落ちる。

ライトも子守りをしつつの作業は負担が重くなるだろう。このままいけば遠からず、ポルフォルみたいにやつれてしまいそうだ。

とはいえ、一日の作業はどれも必要なことばかりだし、これでもグウィンたちが整理をした結果だった。もう無駄がそぎ落とされている。悩ましいところだ。

ライトはウンウン唸《うな》って考えて、少しずつ模索しながら生活を変えていった。

まずは食事。朝昼晩と三回とも、火を使って料理をすることが多かったが、それを朝と夜だけにする。昼のぶんは、朝のうちに作り置きしておくことにした。

次に、炊事場にある井戸に樋を作った。

水場は食事を作る炊事場と洗濯場、風呂場に分かれていて、洗濯や行水をするために、その都度、炊事場で水を汲んで運ばなければならない。距離にして数歩なのだが、これがなかなか面倒である。

組み立て式の樋を作り、必要な時に井戸から洗濯場と風呂場に渡せば、水を流すだけで運ばずにすむ。

そうした工作は、元板金屋の得意とするところだ。ライトが樋を作って水を流してみせると、子供たちは「すごい！」と興奮した。

はしゃぎすぎて、たちまちバシャバシャと水遊びが始まってしまい、チビどもを制止するのに苦労したが、おかげで洗濯と風呂の準備は格段に時間が短縮された。

ボロボロだった鶏小屋を家の裏にあった廃材で作り直し、広くて掃除のしやすいものにした他、日中に鶏が過ごす場所も囲いを作り、小屋に戻す手間を減らした。

おかげで雨の日以外は一日中作業に追われていたのが、午後にゆっくりする時間を作れるようになった。

空いた時間は勉強に割《さ》くことにした。エシルが、グウィンにもらった課題が進んでいないことを気に病んでいたからだ。

ついでにアルとディーも、勉強というものをやってみたい、と言うので、ライトが文字の読み書きを教えることにした。

午後、お茶の時間を終えてから、四人でテーブルを囲んで勉強する。紙とインクは貴重なので、アルとディーにはライトが旅の途中で買ってもらった黒板と、庭に落ちている軽石を白墨にして、文字の練習をさせることにした。

だいたいいつも、途中から落書きの時間になってしまうが、楽しく過ごせているようなので構わないだろう。

ライトも、エシルに魔術の基礎を教えてもらった。

身体の中に溜まっている魔力は、身体の熱と同じで通常はただ、そこにあるだけなのだという。

最初はその、身体のうちにある魔力を感じられるようになることから始まった。

エシルは子供だが、この魔力を感じる訓練の指導が的確だった。あるいは、子供だからこそ、だろうか。

「目をつぶったまま、じーっと下のほうを見るの。そうすると下から明るい綺麗な模様が見えてきて、もっともっと、目が痛くなるまでじーっと下を見てるの。そうすると、もっと細かい光の粒が見えてくる」

最初は半信半疑に言うとおりにしてみると、やがて光の粒が見えるようになった。それから目をつぶらずに身体の奥の「光の粒」を感じられるまで、そう時間はかからなかった。

その後は「光の粒」、魔力を外に放出する訓練をした。これはなかなか難しい。

ゆくゆくは、この放出した魔力を動力源として、魔術を駆使できるようになるのが目的だが、それはもう少し先になりそうだ。

魔術を駆使するためには、魔力の放出と共に、文字と記号を使って術式を作らなければならない。

術式は、初心者でも作れる簡単なものから、正確に描くには熟練が必要なものまである。

文字と記号は、普段使われる世界公用語とは異なるものだ。これも覚えなくてはならない。

「これが何の文字か知っているかな、ライト」

「はい、エシル先生。古エルフ語です」

午後の勉強の時間、エシルがグウィンの口調を真似《まね》て言い、ライトも神妙な顔を作って調子を合わせる。アルとディーが「似てる」とクスクス笑った。

最初にライトがふざけて口真似をしたのだが、子供たちは存外に喜んで、以来、何かものを教え合う時、グウィンたちの物真似をするようになった。

ポルフォルやスルイド、たまにライトも真似されてしまう。

「はーい、ぼくも知ってる。魔術にはだいたい、昔のエルフ語を使うの。魔術を最初に発見したのはエルフ族だから」

アルが手を挙げてから、得意げに言った。

「正解。すごいね、アル。よく覚えてたね」

エシルが褒めると、アルはふふっと嬉しそうに笑い、狐の耳をぴくぴくさせた。

アルとディーにとって、エシルは兄代わりだ。年少二人が喧嘩をしていても暴れていても、エシルにたしなめられれば言うことを聞く。

エシルも決して厳しく言うだけではなくて、今のように弟たちがいいことをした時は、存分に褒めてやった。

エシルは年相応のところもあるが、たまにとても大人びた面を見せる。そんな彼を見る時ライトは、エシルのこれまでの苦労を思うのだった。

王子として何不自由なく生まれたのに、両親を失い、一転して逃亡生活となった。乳母が病気になって孤児院に入れられた時、どれほど心細かっただろう。

そして今、この隠れ家での暮らしについて、彼は何を思っているのか。

城から逃げ延びたのは、エシルがまだ物心つく前のことだった。けれども乳母は、エシルに繰り返し出自を話して聞かせていたようだ。

グウィンがエシルを迎えに行った時、すでにエシルは、自分が『宵草の国』の王子だということ、叔父である現藩主に追われている身だということも理解していた。

ではその叔父が、自分を殺そうとしたことも知っているのだろうか。もし知っているとしたら、エシルはどう思っただろう。

直接尋ねるような、無神経なことはできない。でもライトは、その小さな身体にどれほどの苦労が詰まっているのか、気にかかっていた。

ただ、四人の暮らしは最初に心配していたより、ずっとうまくいっていた。

子供たちのやんちゃぶりに手を焼くことはあるけれど、毎日が穏やかに過ぎていく。

二週間ほど経ち、二回目の「お楽しみ会」を開く頃には、子供たちはすっかりライトに懐いていたし、ライトも最初に出会った頃よりずっと、子供たちに愛情が湧いていた。

ライトがエシルの心の一端を覗いたのは、グウィンたちが旅立って三週目、三回目の「お楽しみ会」を開いた夜のことだ。

真夜中、ふとライトが目を覚ますと、隣に寝ているはずの子供が一人足りない。

暗い部屋の中、そっと手を伸ばして、モフモフした尻尾が二つあるのを確認した。いないのはエシルだ。

お手洗いかな、と思った。エシルは夜に一人で厠に行ける。

けれどしばらく経ってもエシルは戻って来ず、ライトは心配になって部屋を出た。

エシルは、隣の子供部屋にいた。部屋の扉が半分開いていて、中から子供の声が聞こえてきた。

「……それでね、今日また『お楽しみ会』したの。……うん、楽しかった。『椅子取り』って知ってる？　僕もはじめてやったんだけどね……」

誰かと楽しそうに話している。だが、誰と？

ライトは半分開いた扉から、そっと中を覗いた。エシルは三つ並んだ子供用ベッドの一つに腰かけ、紐のついた小さな石に話しかけていた。

それは、いつもエシルが肌身離さず服の下に身に着けているものだ。

「あ、ライト」

戸口のライトに気づいて、エシルはパッと顔を上げる。

「うん、ライトが迎えに来たから、行くね。……うん、おやすみなさい」

誰かと話しているようだが、相手の声はライトには聞こえない。

(遠隔魔術か？)

電話やメールのように、音声や文字で通信できる魔術があると、グウィンから聞いたことがある。グウィンたち三人のメウドゥーイもそれで連絡を取り合っているというが、なかなか高度な魔力の操作と術式が必要なのだそうだ。

エシルはすでに、そうした高度な魔術を使えるのだろうか。

「起きたらお前の姿がないから、探しに来たんだ。大丈夫か？」

ライトが声をかけると、エシルはベッドからぴょんと飛び降り、駆け寄ってきた。

「うん。お手洗いに行ってたの。そしたら眠れなくなっちゃって」

「そうか。それで誰かと話してたのか」

さりげなく尋ねると、エシルは少し照れ臭そうな笑いと共にうなずいた。

「お母さん」

ライトはギョッとした。エシルの母親も、それに乳母も、もうこの世にはいないのに。

「これでお話しするの」

首からかけた石のついた紐を、少し得意げに掲げて見せる。

石はエシルの誕生を祝って両親が贈った、高価な貴石だ。城から逃げる時に、乳母が持ち出したという。乳母はどんなに金に困ってもこれだけは売らず、乳母からグウィンの手に渡り、グウィンがエシルに渡したと聞く。

「その石、触ってみてもいいか？」

ライトは、なんでもない顔をして尋ねた。エシルは「いいよ」とうなずく。

「大事な石だけど、ライトは特別に触らせてあげる」

エシルが掲げた石に、ライトはそっと触れる。思ったとおり、魔力は何も感じられなかった。エシルの肌の温もりがわずかに残っていたが、それだけだ。遠隔魔術を使えば、よほど巧妙な魔術師でなければ、魔術の痕跡が残るはずなのに。

（母親がいるふり、か）

不意にライトは、自分の幼い頃を思い出した。ライトも同じことをした。父親がいるふり。家に帰ったら、母親がいるふり。

誰もいない台所に、母親がいるふりで、その日あったことを話して聞かせた。

誰に対する嘘《うそ》でもない。ともすれば、ふりをしているという自覚もない。ただ自分の寂しさを紛らわせるための遊戯だ。

「ありがとう、エシル。すごく綺麗な石だ」

ライトはエシルの虚構に気づいたけれど、何も言わなかった。指摘したところで、何になるのだろう。

「よし、じゃあもう遅いから寝ようぜ」

「まだ眠くないなあ」

年相応に不満を言い、ぐねぐね身を捩るエシルを、ライトは笑って抱き上げた。

「わあ」

突然抱き上げられて、エシルは驚いた声を上げる。ライトは小さな身体を優しく抱きしめ、ゆらゆらとあやすように揺らした。

「ぬくいだろ。身体の温度が上がると、眠くなるんだってさ」

「ライト、物知りだね」

エシルは言い、ふうっと気持ちよさそうな息をついてから、ライトの肩に頭を乗せる。

ライトの蘊蓄《うんちく》が暗示になったのか、大きなあくびを一つした。

「いちおう、大人だからな」

「僕も早く大人になりたいな」

エシルがつぶやく。ライトは「そうなのか？」と相槌《あいづち》を打ちながら、エシルの背中をさすった。少し間があって、エシルの「……うん」とくぐもった声が返ってくる。

「大人になって、ここから出るの。アルとディーとみんなで、街に……」

最後の声は途切れがちになり、やがて寝息が聞こえてきた。ライトはエシルを起こさないよう、そっと抱きしめる。

隠れ家の暮らしは穏やかだけど、やはり不安はあるのだろう。いつまでここにいるのか、いつか外に出ることはできるのか、出たらどうなるのか。

不安も寂しさも飲み込んで、エシルは子供らしく振る舞っている。アルとディーだってそうだ。何も考えていないような顔をして、でも本当は幼いながら、懸命に環境に馴染み、生きようとしている。

もっと力が欲しいと、ライトは思った。グウィンたちを手伝える力、この子たちを守る力が。大切な人たちのために、もっと何かしたい。

でも、すぐに何もかも解決できるような魔法はこの世界にもなくて、ライトは己の無力さを嚙みしめるのだった。

その数日後、四週目になってようやく、グウィンが帰ってきた。

最初に気づいたのは、耳のいいアルとディーだ。

午後、一階の居室でいつものように勉強をしていたら、二人の狐耳と狸耳がぴょこぴょこ動き、かと思うと二人同時に椅子から飛び降りた。

「グウィン様だ！　この音、グウィン様！」

「匂いもする！」

エシルも顔を輝かせて椅子から降りようとしたが、エルフの彼は獣人のチビ二人ほど機敏ではない。というか、人間の子供と比べても、わりと不器用だと思う。

もたもたしている間に、アルとディーは扉をバーンと勢いよく開けて、庭先に飛び出して行った。扉の蝶番を直しておいてよかった。家の外で「グウィン様ー」と叫ぶ声がする。

「ま、待って、僕も。グウィン様ぁ」

エシルが椅子から降りて走ろうとして、ぽてっと転んだ。ライトはその身体を抱き上げ、外に出る。

グウィンはアルとディーを両腕に抱き、器用に馬を引きつつ、戸口の近くまで来ていた。

その精悍な美貌を見た途端、ライトはその場にくずおれるような安堵と、泣きたくなるような愛おしさ、切なさを覚えた。

子供たちがいなかったら、迷わず彼に抱きついて、逞しい胸に顔をうずめていただろう。

幼子たちの存在が、心に制御をかけた。自分の女々しさに内心で驚き、個人的な感傷を振り払う。笑顔でグウィンを出迎えた。

「お帰り、グウィン」

「おかえりなさい、グウィン様」

ライトとエシルが言い、グウィンの肩にぐりぐり額を擦りつけていたアルとディーが、ハッとして「おかえりなさい」と、口々に言った。

「ただいま、みんな。元気そうでよかった」

グウィンはにっこりと、嬉しそうな笑みを浮かべた。その笑顔の中には安堵も混じっていて、離れている間、グウィンもまたこの家のことを案じていたことが窺えた。

「よっし、お茶の時間にしようぜ。俺は馬の世話をする。その間に子供たちはテーブルの上の片づけだ。早くグウィンとお茶を飲みたいだろ？」

ライトがその場を仕切り、馬の背から荷を下ろして馬を馬屋に運んだ。馬に水や干し草を与え、蹄《ひづめ》に詰まった泥や小石を取り除く間、グウィンは荷物を家の中に運び、子供たちは片づけをして、かまどに火を起こし、お湯も沸かしておいてくれた。

「しばらく帰らない間に、ずいぶん変わったな。子供たちの統率が取れている。どういう訓練をしたんだ？」

子供たちがいつまでも纏わりつくことなく、テキパキと進んで片づけをし、テーブルを拭いたり、お茶の準備をするのを見て、グウィンは驚いていた。

「訓練なんてしてないよ。それに、今まではグウィンたちに甘えてたんじゃないかな。今も甘えたいんだろうけど。先に用事をすませておけば、あとから思う存分、グウィンにべったりできるからな」

家事労働を改善する前、一日中仕事があった時は、子供たちもぐずぐずしがちだった。

今は、先に面倒なことをすませておくと、空いた時間は遊んだり勉強したりできる。子供たちは自然と、だらけず作業をするようになったのだ。

それでいて早く遊びたいからと手を抜いたり、他の誰かに押しつけたりしないところは、三人の美点だ。ライトはそんな彼らを、なるべくたくさん褒めるようにしている。

「あのね、グウィン様。水をくむの便利になったの。もうポルフォルも腰が痛くならないよ」

「あとね、屋根裏の雨漏りも直って、鶏小屋も大きくなったよ。あとで見てみて」

「あと三日したら、お楽しみ会やるの。グウィン様もやるでしょ？」

お茶を淹れ、みんなでグウィンを囲んで座った途端、子供たちはこの一か月の間にあったことを話し始めた。

ライトがこの家に来た時は、グウィンに話をせがんでいたが、今回は自分たちの話を聞いてもらいたくて仕方がなかったらしい。

興奮のあまり、話の要領を得ないこともあった。その都度、ライトが補足をする。お楽しみ会のことも話した。

「勝手なことしてごめん。ここでの生活をよくしようと思ったんだけど」

今さらながら、出しゃばったことをしたかな、と不安になった。

しかしグウィンは、「いいや」と、穏やかにかぶりを振る。

「この一か月、心を尽くしてくれていたのだな。よくやってくれた。本当にありがとう」

グウィンの労《ねぎら》いに安堵と喜びが込み上げてきて、また泣きそうになった。

「子供たちも協力して、いろいろ教えてくれたから」

潤んだ目を瞬《まばた》きで誤魔化し、笑った。

「ライトはね、鶏さんのこと何も知らなかったんだよ。ぼくたちが教えてあげたの」

「一羽捕まえるのにすっごく時間がかかったの」

「でも今は、俺のほうが早いだろ。卵見つけるのもアルを追い抜いたもんね」

「あれは、違うもん。たまたまだもん。明日は負けないもん」

ライトが挑発すると、負けん気の強いアルが狐の尻尾をふりふりさせる。

「僕、ライトに魔術教えてあげた」

エシルが控えめに発言した。

「おかげでちょっとだけ、基礎ができるようになったんだ。魔力の気配がわかるようになったし、ほんの少し自分の魔力を操作できるようになった。エシルは教えるのがうまくて、いい先生だったんだ」

「それは目覚ましい進歩だな。エシル、よくやってくれた。ありがとう」

大人たちに褒められて、エシルは嬉しそうに首をすくめる。

その後も、子供たちの話は尽きることはなく、楽しい時間が続いた。


その日の夕食は、グウィンが買って来てくれた新鮮な肉と、家の備蓄にはない色とりどりの野菜で豪華なものになった。

子供も大人も、お腹がパンパンになるほどたくさん食べた。

それから風呂を沸かす。燃料も使うし手間がかかるので、毎日は沸かさない。せいぜい週に一度くらいで、あとは行水かお湯で手足を洗うくらいだが、今日はグウィンが帰ってきた特別な日だ。風呂の予定を前倒しにした。

グウィンにとっても、久しぶりの風呂だったらしい。ライトが子供たちを先に入れた後、沸かし直したお湯にゆっくり浸かり、出て来た時にはさっぱりした顔をしていた。

「子供たちは、もう寝たのか？」

濡れ髪を拭きながら戻ってきたグウィンは、居室にライトが一人でいるのを見て尋ねた。湯上がりの彼は裾の長い、前開きの浴衣《ゆかた》のようなものを羽織っている。腰紐でゆるく縛っていたが、胸元がはだけて艶《なま》めかしく見えた。

ライトの中に、ひと月の間に忘れかけていた劣情が不意に湧き、慌てて目を逸らす。

「最初は、グウィンと一緒に寝るって騒いでたけどな」

それをどうにか子供部屋に誘導し、ベッドに寝かせて物語を話して聞かせた。

昼にはしゃぎ、夜は夜でお腹いっぱいご飯を食べたせいか、物語が中盤になる頃には三人とも、ぐっすり眠ってしまっていた。

アルとディーは、一度寝るとまず何があっても起きてはこない。エシルも寝る前にお手洗いをすませたので、起きることはないだろう。

「酒でも飲もうかと思ったけど、このまま寝るか？　疲れてるだろ」

ワインの栓を開けようとして、ライトは手を止めた。ランプの明かりに照らされたグウィンに、陰のようなものを見たからだ。

昼に帰って来てからずっと、子供の相手で休む間もなかった。旅の疲れもあるだろうと思ったのだが、グウィンはテーブルについた。

「いや、ちょうど飲みたい気分だった。よければ付き合ってくれ」

それでライトも向かいに座り、それぞれの盃《さかずき》に酒を注いだ。軽く盃を掲げ合い、中身を飲み干す頃には、グウィンの表情にあった陰のようなものも消えていた。

何かあったのは確かだろう。何もないはずがない。彼は国や権力者たちが策謀を巡らせる渦中に潜入していたのだから。

ライトもラガスクのことが気にかかっていたが、自分から尋ねることはしなかった。グウィンが必要だと思えば、話してくれるはずだ。

「水場の樋や鶏小屋を見た。家の扉や屋根の補修も。本当に、ずいぶんと改善してくれたのだな」

一杯目をあっという間に飲み干し、自ら二杯目を注いで、最初にグウィンが口にしたのはそんなことだった。

「大したことじゃない。元の世界では本職だったからな。それに、子供たちがずいぶん働くから、何とかしたいと思ってたんだ」

「おかげで子供たちも、以前よりずっとのびのび過ごせている。お楽しみ会だったか？我々にはない発想だ。ポルフォルやスルイドが聞いたら驚くだろう」

「二人も、もうすぐ戻って来るんだよな？」

スルイドはあと数日で、ポルフォルも少し遅れて戻って来るだろう、という答えだった。グウィンら三人は、遠隔魔術で連絡を取り合っている。グウィンが一足先に戻って来た。

「合流したら、またすぐ出かけるのか?」

一番聞きたかったことを、ようやくライトは口にした。

「ポルフォルとスルイドの報告次第だな。だがしばらくはこちらにいられる」

できるだけ長くいてほしいと思うが、それを口にするのはライトのエゴだ。

「じゃあさ、週末のお楽しみ会、一緒にやってくれよ。子供たちも喜ぶから」

ライトは言いたいことの代わりに、別の言葉を口にした。自分のエゴは置いておいて、今はグウィンにゆっくりしてほしい。

軽い口調で言うと、グウィンは小さく微笑んだ。

「ああ。どんなものか、私も楽しみだ」

その後もぽつりぽつりと、二人はワインの瓶が空になるまで会話を交わした。ほとんどは、ライトが話していた。

ライトの魔術の習得の進行具合、ディーが誤ってタヌさんを厠に落としかけたこと、アルのおもちゃの馬に鞍《くら》をつけてやったこと、それからエシルが真夜中、空想の母親と会話をしていたこと。

エシルの空想については、グウィンも気づいていなかったらしい。胸を突かれたような顔をしていた。

「あの子は六つ、まだ母親が恋しい頃だったな。私も、子供らを保護して安心していた。あの子らの寂しさに気づいてやれなかった」

「俺だって、気づいたのはたまたまだ。大人だからってそんな、何もかも見通せるわけないだろ。あんたは十分、子供たちのことを考えてるよ」

グウィンの表情にまた、暗い陰が落ちたので、ライトは思わず言い募った。相手が驚いたようにライトを見て、目を瞬かせるので、すぐに我に返る。

「あ、ごめん。なんだか、あんたがしんどそうだったから」

勝手に前のめりになったことを恥じたが、グウィンは息をついて目をつぶった。

「ああ。確かに疲れているのかもしれないな」

「そりゃそうだろ。一か月も気を張ってたんだ。今夜はもう寝よう」

それでもグウィンは、少し名残惜しいようだった。

「だがもう少し、お前と話していたい気もする」

じっと空のコップを見る様子が、まだ寝たくないとぐずる子供たちと重なって、ぷっと吹き出してしまった。グウィンが怪訝《けげん》そうにこちらを見る。

「今、チビたちと同じような顔をしてたから」

言うと、グウィンは珍しく心外そうに片眉を引き上げた。それから自分もこらえきれず、ふふっと笑う。

「おしゃべりはまた明日。今夜はゆっくり寝よう。ほらほら、いい子は寝る時間だぜ」

ライトがふざけて、子供に言うように急《せ》き立てる。グウィンは笑いながら席を立った。

それから、ライトが「おやすみ」と言うのを聞いて、また怪訝そうな顔をする。

「お前は寝ないのか」

それが単に、お前はまだ寝ないのかというだけの意味なのか、それとも同じベッドで寝ないのか、と言っているのか判断がつかず、ライトは言葉に詰まった。

今夜の寝床をどうするのか、本当は気になっていた。

ライト自身は、一緒に抱き合って眠りたい。本当はそれ以上のこともしたかった。でもグウィンは疲れているから、今夜くらい一人で寝たいかもしれない。

そんなことをぐるぐる考えて、いちおう一階の寝室も整えてある。

「グウィンは疲れてるから、上の大きいベッドを使ってくれよ。俺は下の寝室を用意してある」

一緒に寝ようと言おうか、数秒の間にたくさん考えて、結局勇気が出なかった。

その上、グウィンがあっさり「そうか、ありがとう」とうなずくのでがっかりする。一緒に寝たいと思っていたのは、自分だけだったらしい。

「それじゃあ、おやすみ」

ワインの瓶とカップを片づけ、ライトはそれだけ言ってすごすごと一階の寝室へ向かった。しかしグウィンは途中の階段を登らず、ライトについてくる。

「え、グウィン？」

ライトが部屋の前でそのことに気づいた時には、背後から手が伸びて部屋のドアを開けられていた。

部屋の中に強引に連れ込まれ、驚いている間にキスをされた。啄《ついば》んでは離れ、角度を変えては唇を合わせ、舌を絡めていく。

「ん、ん……っ」

酒を飲んでいる時はそんな素振りを見せなかったのに、いきなりの行為に驚く。こちらの戸惑いにも気づいているのだろうが、グウィンは無言のままライトの唇を貪り続けた。

グウィンの寝間着の前が大きく張り出していて、硬いものがライトの腰に当たる。久々に硬く滾《たぎ》った欲望を間近に感じ、思わず身を震わせた。

その振動が伝わったのか、グウィンはハッと唇を離した。ライトの驚く顔を見て、己の失態を悔やむような表情になった。

「グウィン」

別に嫌なわけではない。ただ性急で驚いただけだ。そう言おうとしたのに、グウィンはライトを抱きしめ、その首筋に顔をうずめた。

「……これ以上のことはしない。もう少しだけ、お前を味わわせてくれ」

グウィンの唇が首に押しつけられる。時々甘く吸われて、くすぐったかった。身じろぎすると、逃がすまいとするように強く抱きしめられる。

こんな彼は珍しかった。旅の途中でも性的な行為をしていたが、どちらかというとライトの快楽を引き出し、反応を見ることを楽しむことが多かった。

今はまるで、溺れかけた人が浮いた木片に縋るようだ。

(何があったんだ?)

それほど旅が過酷だったのか。理由はわからないが、今、グウィンがライトの身体を必要としていることは理解した。

「本当に、しないのか?」

ライトはグウィンの背中に手を回した。片方の手で、長く白い髪を撫でる。

「しないんなら、こんなふうに触れるなよ。俺の身体、とっくに反応してるのに」

囁いて、ぐっと自らの下腹部を押しつける。嘘ではなかった。グウィンの硬く滾った欲望に気づいてから、ライトの身体も熱を帯びていた。

グウィンの勃起した男根を、布の上から手の平でぐりぐりと撫で回す。先走りのせいか、布がクチュクチュと音を立て、グウィンがたまらないというように低くうめいた。

「……なあ、したい」

甘えた声を出した途端、ライトの足は床から離れていた。グウィンはライトを抱えると、大股でベッドへ向かう。ライトが寝具に背中をつけるかつけないかのうちに、グウィンが覆いかぶさってきた。

「ライト……ああ」

食べられてしまうのではないかと思うくらい、何度も深くキスをされた。エルフのくせに、今のグウィンは肉食獣みたいに獰猛に見える。それだけ、温もりに飢えているのだろうか。

ライトが服を脱ぐと、グウィンはその足の間に顔を埋《うず》めた。

「あ……あっ、だめ、グウィン……」

何をするのかわかって、グウィンの髪を引っ張って咎めたが、彼は止まらなかった。ためらいなくライトの性器を口に含み、じゅぷじゅぷと水音を立てながら吸い上げる。

「ふ、あ……俺だけ、やだ……」

久しぶりの刺激にたちまち達してしまいそうになりながら、必死に身を捩った。

「俺にもさせて」

グウィンの寝間着の裾からは、反り返った男根が顔を覗かせている。今までのグウィンだったら、そんなふうに自分から欲しがるライトをからかって、ライトが真っ赤になるのを楽しげに眺めただろう。

でも今夜の彼は、どこまでも余裕がなかった。

「いいのか」

一言だけ、ライトの本意を窺うように問いかけたが、ライトがうなずくと黙って体勢を変えた。自らが仰臥《ぎょうが》した上に、さかさまになったライトの身体を乗せる。

剝《む》き出しになった尻を相手の顔に押しつける形になり、本当は顔から火が出るほど恥ずかしかった。でも今、やっぱりやめたと言ったら、グウィンはそのとおりにするだろう。そんな気がする。

ライトは顔の前にそそり立つ男根を口に含んだ。太くて長さもあって、口に入りきらないそれを、懸命に頰張る。

身体の下ではグウィンが、ライトの性器を舐《ねぶ》っていた。気持ちがよくて、腰が揺れてしまう。簡単に射精したくないのに、グウィンの口淫は巧みだ。

「あ、あ……っ」

触れられるのはひと月ぶりだ。熱い粘膜に追い上げられ、ライトはあっという間に弾けてしまった。

「は……ぅ」

グウィンはライトの放ったものを口で受け止め、嚥下《えんげ》する。目のくらむような快感に、羞恥心を覚える余裕はなかった。

荒く息をついていると、後ろの窄まりに熱くぬめったものが潜り込んできた。

「ひ……」

ライトは腰を浮かしかけたが、力強い腕にがっちりと押さえ込まれ、愛撫から逃れることができない。

舌先が肉襞《にくひだ》をこじ開け、ぬこぬこと注挿が繰り返される。同時に達したばかりの肉茎をやんわりと扱かれ、腰が砕けそうになった。

「や、後ろ……やめろ……癖になるからぁ……」

旅の中で、グウィンにされて後ろを弄られる快感を覚えてしまった。せっかくグウィンの不在で忘れられると思っていたのに、何度もされたら癖になってしまう。

けれどライトのそんな懇願は、グウィンを余計に喜ばせたようだった。低く笑う声がして、目の前の巨根がさらに育って硬くなる。

「狭くなってる。自分で弄らなかったのか？」

「そんなの、するかよ……あっ、ぅ……」

舌と指を使って、孔《あな》をこじ開けられる。何度も抜き差しを繰り返し、そこを柔らかく広げているようだった。

ライトは後ろの快感に蕩《とろ》けそうになりながらも、再びグウィンの男根を頬張った。いつかこの熱い欲望を、埋め込まれるのだろうか。

（今すぐ、入れてくれてもいいのに）

グウィンの愛撫はいつも優しくて、もっと強引にしてもいいのにと思ってしまう。

そんなふうに考える自分を浅ましく感じて、欲望を覚えた先から振り払った。

咥《くわ》えた性器を強くしゃぶり上げ、根元を扱く。根気強く口淫を繰り返すと、やがて腹の下でグウィンが低くうめき、ビクビクと陰茎が震えた。

「あ……はぁ……」

グウィンの悩ましげなため息と共に、口の中にどっと熱い欲望が流れてくる。

ライトはそれを必死に嚥下したが、飲み込みきれない大量の精液が口の端からこぼれた。

「ん、ぐ……んっ」

やや間があって、グウィンがライトへの愛撫を再開した。

肉襞をぬめった舌でほじられ、性器を扱かれる。むせかえるような雄の匂いと、巧みな口淫に追い立てられ、ライトもやがて、二度目の精を吐き出すのだった。


「やはり、こちらのベッドは狭いな」

裸のままライトの背中を抱いて、グウィンがつぶやく。

「今から二階に行くか？」

ライトは言ったが、グウィンは「いや」と眠そうな声を返した。

「こちらのほうが、お前とぴったりくっついていられる」

足を絡め、肩口に鼻先を埋められる。身動きできないくらいべったりくっつかれているのに、少しも嫌じゃないから不思議だ。背中がポカポカして気持ちがいい。眠くなってくる。

けれどグウィンが、すんすん、と甘えるようにライトの首筋の匂いを嗅ぐので、気になって眠れなかった。

「おい、くすぐったいって。……まだ口の中がイガイガする」

互いに口淫で吐精した後、口をゆすいで身体も拭いたけれど、欲望を飲み込んだ余韻がまだ残っている。

「強引にして、悪かった」

いつになく己の欲望に忠実だったグウィンは、今は冷静さを取り戻している。獣じみていた自覚はあったようで、こちらがふざけて言ったことにも申し訳なさそうに謝る。

「なんで謝んの。俺だって、したかったんだよ」

腰に回された腕を撫でると、強く抱きしめられる。

今夜のグウィンは、子供みたいに甘えたがりだ。出会ってから今まで、ライトが包み込まれてばかりだったから、ちょっと嬉しい。

「お前のこの、肌の温もりと匂いが恋しかった。このひと月、どれだけ夢見たことか」

さわりと、大きな手の平が腹を撫でる。その手が上へと這い、指先がライトの胸の突起をこねた。

「……っ、こら」

そんなことをされたら、またしたくなってしまう。咎めて、いたずらをする手を軽くつねると、くすくすと楽しそうな笑いが耳に響いた。

「……俺だって、グウィンに会いたかった」

ぽそりとつぶやくと、グウィンの笑いがピタリと止まった。今の言い方は、ちょっと重かっただろうか。不安になっていると、後ろから顎を摑まれた。

グウィンが上体を起こし、覆いかぶさるようにしてライトに口づける。

「ん、んむっ」

性急な口づけはすぐに離れたが、しばらくライトの目の端やこめかみ、額など、グウィンはあちこちに唇を落としていった。

ライトが体勢を変え向かい合わせになると、しばらく愛撫を続け、やがてぎゅっとライトを抱きしめた。グウィンの腕にすっぽり包まれて顔は見えなかったが、その様子はまるで、ディーがタヌさんを抱えて寝る時みたいだと思う。

「お前のそばは、心地いいな」

やがて大きく息を吐いて、グウィンがつぶやくのが聞こえた。

「旅の間は、擦《す》れていない真っ直ぐなお前が可愛らしいと思っていた。身体も心もしなやかで逞しい。そういうところが好ましくて、つい手が出てしまった」

「つい、かよ」

「そう。つい、だ。気安く手を出して、お前が戸惑っているのはわかっていたのに。それでも触れずにはいられなかった。それはなぜかと考えていたんだ。このひと月、お前と離れていてわかった。私はお前を抱いているつもりで、お前の温もりに抱かれていたのだ。ライトの真っ直ぐな優しさに、癒やされていた」

低く穏やかな声を聞きながら、胸がきゅうっと切なくなった。嬉しい。グウィンがそんなふうに思っていてくれたなんて。

でも同時に、グウィンがそこまで弱音を吐くのが気がかりでもあった。酒を飲んでいる時に見せた、暗い表情も心配だ。

「少しでも、あんたの役に立てるのなら嬉しいよ。だから話してくれ。ラガスクで、何があったんだ」

グウィンの身体が一瞬、わずかに揺れる。甘い雰囲気のまま、何も聞かずにいようかと思った。けれど、溺れるようにライトに甘える彼を見て、いっそ吐き出させたほうがいいと気づいたのだ。

「俺には聞くことしかできないけど。少しでも楽になるなら、話してほしいんだ」

グウィンの苦悩の一端でもいいから、背負いたい。

ライトは子供たちを寝かしつける時にするように、相手の背中を撫でさすった。しばらくそうしていると、やがてグウィンは口を開いた。

「私に協力してくれたラガスク城内の者たちが、皆、殺されていた」

静かな声が言った。ライトは何と言葉をかけていいのかわからない。そうか、とだけつぶやいて、またグウィンの背中を撫でる。

「私が城を出る前、彼らに金をやって逃がした」

グウィンが、ライトを探す旅に出た時だ。

「城から逃がして、その後は確認しなかった。簡単に逃げられると思っていた。ラガスク王が彼らにまで追手をかけるとは思っていなかったのだ。私の咎だ」

「俺を探してくれたからだろう。俺のせいだ」

「違う」

鋭い声で言い、それからすぐ、グウィンは声を荒《あら》らげた自分を恥じるように、「それは違う」と小さく言ってライトを抱きしめた。

「すべて救えるはずだった。誰も命を落とさなくてもいいはずだったのに。……そんなことを考えた、私の慢心だ」

ライトは顔を上げた。グウィンが泣いているのかと思ったが、彼の表情は悲しいほど穏やかだった。

「グウィン」

グウィンの腕から這い出て、逆に彼を抱きしめる。

「他に、何があった?」

それはただの勘だった。グウィンの奥に、さらに深い苦悩がある気がして、ライトは問いかけた。

グウィンはぐっと息を詰め、ライトの胸に顔をうずめる。しかしやがて、低い声で話し始めた。

「この一か月、ラガスク城内を探っていたが、光の御子の姿が二人、どこにも見当たらなかった」

光の御子は四人のはずだ。残りの二人の姿は確認できたという。

「まさか……」

先ほどの、グウィンの内通者が殺された話を聞き、ライトは最悪の事態を想像した。

「殺された?　けど、あの頭のイカれた王様にとって、光の御子ってのは何より重要な手駒なんだろ」

「……王は、光の御子の真実に気づいてしまったらしい。つまり、魔術の素養はあるが、最初から大魔術師のような使い手ではないと」

「だから殺したって？　あっさり？」

「ただ殺すだけなら、いっそそのほうがよかった。以前、お前に話しただろう。異世界から召喚した者は魔力を帯びていると。死んだ後も魔力はしばらくその身に留まる。古代では、魔力を帯びた獣の死骸を魔術の動力として使っていた」

言葉の意味を、ライトが理解するまでにしばしの時間がいった。理解すると同時に、吐き気が込み上げてくる。

そんな中、グウィンはさらに言った。自分が見たのは、壺《つぼ》に入れられた彼らだったと。

「あとの二人も生きてはいたが、まるで死んだような顔をしていた。おそらく、殺された二人は魔術の動力であると同時に見せしめで、生きた二人は戦のための魔術を習得させられているのだろう」

「人間じゃない。ラガスク王は、本当に頭がおかしいんだ」

不老不死の秘宝のため、己の欲望のためにそこまで残酷になれるなんて。

「私はいつも、後手に回る。己の無力さが悔しい」

引き絞るような声が漏れて、ライトはハッとした。

悪いのはラガスク王だ。なのに、善良で人々を助けようと尽力するグウィンが、こんなにも苦しめられている。

「後手に回ってねえよ。俺の時は間に合った。俺は二度もあんたに助けられたんだ。エシルだって、アルとディーもそうだ。みんながこの家で平和に暮らしていけるのは、グウィンに助けられたからだ。あんたは間に合った。無力なんかじゃない」

ただの慰めでしかないかもしれない。それでも言わずにはいられなかった。

「……ライト、ライト。ありがとう」

グウィンはつぶやき、ライトの胸に鼻を擦りつけた。そんな彼が可哀想で愛しくて、何とかしてやりたいと思う。

悔しい。無力なのは自分だ。もっと強くなりたい。身も心も。グウィンの重荷の一端を引き受けられるくらいに。

グウィンを抱きしめながら、ライトはもどかしさと、そしてラガスク王への憎しみを静かに燃やしていた。


グウィンが帰って来た二日後、スルイドが戻って来た。ちょうど「お楽しみ会」の当日で、子供たちとの宴と余興に彼も加わった。

その日は、お楽しみ会のご馳走《ちそう》にと、子供たちと一緒にうどんを作った。小麦粉が余っていたので、水と少量の塩を加えて練り、蓆《むしろ》をかぶせて踏みしだく。ライトが元の世界にいた頃、給料日前で金がなかった時に、ネットで調べて作ったことがある。それを思い出したのだ。

これなら小麦も消費できて、子供たちも楽しめると思ったのだが、うどんを食べたスルイドが思いの他、感激していたのでびっくりした。

「私の生まれ故郷にも、これに似た料理があるのです」

小麦などの穀物を使った麺類は、この世界にもあるらしい。中でもうどんに似た麺は、スルイドの故郷の日常食だったそうだ。

当たり前だが、メウドゥーイたちにもそれぞれ故郷があるのだと実感する。

ともかくも週に一度の「お楽しみ会」は、子供にも大人にも好評だった。その日はみんな夜更けまで楽しんだ。

スルイドは翌日の昼までぐっすり眠り、一か月の潜入生活の疲れを癒やせたようだ。

「私としたことが、こんな時間まで眠ってしまうとは」

昼前に起きて来て、バツが悪そうに頭を掻《か》いていた。

「よい。ゆっくり眠れるのはいいことだ」

潜入生活の過酷さを知るグウィンが、安心したように言っていた。

その日はスルイドに子守りをしてもらい、ライトとグウィンで家の仕事をこなした。子供たちは一日、仕事も勉強もなくただ遊び回って、楽しかったようだ。

夜はぐずることなく、三人ともあっさり子供部屋に向かい、それからはようやく、大人だけの時間になった。

スルイドが買い込んできた酒を飲みながら、それぞれの近況と今後のことについて話し合っている。

「ほう。ライト殿は一か月の間に、ずいぶんと魔術が上達しましたね。これなら基礎を終えて、実践にも入れそうだ。我々が留守にする前は理論を学んだだけの状態だったのに。素晴らしい。魔力が強いというだけでなく、魔術の機微に優れているのでしょう」

ライトが魔術学習の進捗を語ると、スルイドが感心したように、灰色の豹頭でうんうんと何度もうなずいた。そう手放しに褒められると照れ臭い。

「いや、これは本当に、エシルの教え方のおかげなんだ。感覚的なことを、子供の言葉で的確に教えてくれるから、すごくわかりやすくて」

「しかし、魔術の機微を置いても、ライト殿の魔力は膨大です。ひょっとすると、魔力の量だけで言えば、グウィン様をも凌《しの》ぐのでは」

「ああ。私も思っていた。やはり異世界から召喚された者の力は、飛び抜けているようだ」

スルイドとグウィンが言う。その口調は感嘆というより、何かを憂えているように聞こえる。

この一か月、ライトはエシルに教わって、魔術の実習を学んでいた。エシルがいい先生だったこともあるし、ライトも早くグウィンの役に立ちたくて、懸命に努力していたというのもある。もっとも比べる対象がエシルしかいないから、どれくらい上達しているのかライトにはわからなかった。

結果としてひと月経った今、少し前まで魔術の「ま」の字も知らなかったとは思えないほどの習得ぶりだったらしい。

だがそれにしても成長ぶりが異常だと、グウィンとスルイドは言う。原因は、ライトが異世界から召喚された者だからだ。

「グウィン様の魔力量を凌ぐということは、グウィンフィード中のエルフを凌ぐということ。光の御子の真実に気づいたラガスク王は、ライト殿が生きているとわかればその身を欲しがるでしょう。もちろん、手駒ではなく動力としてです」

スルイドが苦い顔で言う。豹の頭だが、一緒にいるうちに彼の表情がなんとなくわかるようになった。彼はグウィンから、行方不明になった光の御子のことを聞いていた。

「『宵草の国』の問題を解決すると共に、ラガスク王と決着をつけなければならん。それが終わるまで、ライトにはこの隠れ家にいてもらうほうがいいだろう」

子守りという役割もあるが、ライト自身もラガスクでは罪人扱いだった。光の御子についてラガスク王が知った今、ライトの生死を積極的に調べるかもしれない。

グウィンたちが危険な任務に就く間、一人だけぬくぬくと平和な日々を送ることに抵抗を覚えるが、今のライトは足手まといだ。大人しく従うしかない。

早く魔術を覚えたい。実用できるくらい習得して、グウィンの役に立ちたかった。

「あのさ、俺が聞いていいことかわからないけど。ラガスク王と『宵草の国』の問題っていうのは、最終的にどう解決するつもりなんだ?」

その場が沈黙したのをきっかけに、ライトはずっと気になっていたことを口にしてみた。

エシルをはじめ、子供たちが最終的にどうなるのか、グウィンたちはどうするつもりなのか。

『宵草の国』に内乱が起こるのを阻止する、というのがグウィンたちの行動目的だ。それはわかる。

現在、現藩主と前藩主の一派、それに先々代の血統派という三つの勢力が、それぞれ藩主として正当性を主張している。

この三つが矛を収めれば、藩主問題は終束する。そうすれば、先代藩主の息子であるエシルも追われることはなく、隠れ家にこもる必要もなくなる。

「グウィンたちは、エシルを藩主に据えるつもりなのか」

今の藩主は、卑怯なやり方で藩主の座を奪った。普通に考えれば、正統な後継者に地位を還《かえ》すのが正義というものだろう。

それにグウィンは、エシルに教育を施している。最低限の庶民の教養ではなく、もっと高等なものだ。

だから最初は当然、現藩主を廃し、エシルを藩主に据えるのだと思っていた。でも、エシルを見ていると、彼がそれを望んでいるのかと疑問に思う。

「別に、エシルじゃなくてもいいんだよな？　こんなこと、俺が言うのはおかしいんだけど。エシルが望んでることじゃない気がして」

ライトが口を挟む問題でないのはわかっている。でも、言わずにはいられなかった。

グウィンはそんなライトを咎めることはなく、優しい眼差《まなざ》しを向けてうなずいた。

「そうだな。『宵草の国』の藩主が誰かは、実はどうでもいいことだ。我々としては、平和が続いて人々の暮らしが豊かになりさえすれば、それでいい。この一か月、スルイドが現地で行った調査でも、『宵草の国』の民はあまり、藩主が誰かについては関心がないようだった」

「現藩主のままでもいいってこと？」

「平和が続くならば。幸い、現藩主の執政はそう悪いものではなく、兄の政策をうまく引き継いでいる。しかし、このまま彼が素知らぬ顔で藩主の座に収まるのは、他の勢力にとっては面白くないだろう。落としどころをどうするかだ。我々は、より目的に合った者を藩主に据えたい」

「エシルが藩主になる可能性もあるってことか」

あの小さな肩に、何もかも背負わせるというのだろうか。

「可能性の一つとしては、ある。あの子は幼いが、自分の素性を知っている。いずれ大きくなれば、本来の出自に戻りたいと考えるかもしれない。もし彼が、藩主になりたいと言ったら……」

「なりたくない」

その時、廊下に続く扉から幼い声が聞こえて、大人たちは一斉にそちらを振り返った。扉がいつの間にか薄く開かれていて、そこからエシルが覗いていた。

「エシル」

起きていたのか、と大人が言葉にする前に、扉が大きく開かれた。寝間着姿のエシルが仁王立ちしている。その小さな肩がはた目にもわかるほど震えていた。

「僕、藩主になんかなりたくない。僕、グウィン様みたいにメウドゥーイになりたい。僕がいなくなったら、アルとディーはどうなるの？　僕、ずっと三人でいたいのに」

言い募るエシルの後ろから、アルとディーがひょこっと顔を出したので、大人たちは息を呑んだ。

「ぼくたちも。エシルといたい」

「エシル、どっかに行っちゃうの？」

アルの狐の耳が、ぺたりと後ろに寝ている。ディーの狸の尻尾もしょんぼりうなだれていた。子供たちはみんな、不安だったのだ。自分が、仲間たちがどうなるのか。

「子供たち、こちらにおいで」

グウィンが優しく言い、腕を広げた。子供たちはグウィンに走り寄る。三人ともが勢いよく胸に飛び込むのを、グウィンは受け止めた。

「エシルは『宵草の国』の王子、正統なる後継ぎだ。それでも藩主になりたくないか？」

腕の中の幼いエルフに、グウィンは母親のように柔らかな声音で問いかける。エシルは「なりたくない」と即答した。

「本当に？　アルとディーと一緒にいたいなら、二人も連れて行けばいい。藩主になれば、もう洗濯も鶏の世話もしなくていいのだぞ。お前の好きな甘い物も毎日食べられる」

甘い物、と聞いて子供たちの耳がぴくっと動いたが、エシルは「やだ」と答えた。

「洗濯もちゃんとする。鶏さんのお世話も。僕、藩主になりたくない。アルとディーを連れて行ったら、二人とも危ない目に遭うかもしれないでしょ。殺されちゃうかも。それに、王様は窮屈だって、グウィン様が言ったんだよ。王様でいるのもお城に住むのも自由がなくて、大変だった。だからメウドゥーイになった今のほうが気楽でいいって」

エシルの言葉に、ライトは驚いてグウィンを見た。グウィンはかつて、王だったのか。どこの、と考えて、彼の名を冠した国の名を思い出す。「グウィンフィード」だ。現在のグウィンフィードの国王と、グウィンが知り合いだというのも、それなら説明がつく。彼は王位を後継に譲って隠居し、メウドゥーイとなったのだ。

ライトの視線に気づいたグウィンが、小さくうなずく。こちらの推測どおりということか。聞きたいことはたくさんあるが、今は子供たちのことだ。

「では、アルとディーは置いて行こう。二人が大人になるまで、ライトやメウドゥーイたちがきちんと育てるから、心配はいらない。だがエシル、お前は別だ。お前は王子、正統なる『宵草の国』の藩主となるべき者だ。藩主にならなくては」

「おい――」

さっきと言ってることが違う。ライトが思わず口を開きかけるのを、スルイドが目顔で制した。

「お前が藩主にならなければ、たくさんの民が困ることになるかもしれない。孤児も増えるかもしれない。それでも自分の出自から逃げるか？」

グウィンの胸に顔をうずめたエシルから、嗚咽が漏れる。

幼い子供に、酷な質問だ。けれどグウィンのことだから、何か理由があるのだろう。スルイドの制止でそれに気づき、ライトも口を挟みたくなるのをぐっと我慢した。

「藩主になんか、なりたくない。でも……それで困る人がいるなら、なる。やだけど。ぼくとか、アルとディーみたいな子が増えたら、やだ」

嗚咽を飲み込みながら、訥々とエシルは答えた。藩主になんかなりたくない。それでも人のためになるなら。

六つの子が自分の気持ちを押し殺して答えるのに、ライトは胸を突かれた。

まだ幼いのに、人のことを考える心が備わっている。これは、君主の器といえないだろうか。グウィンはそれがわかっていて、やはりエシルが藩主となるべきだと思っているのだろうか。

「エシル、よく言った。いい子だ」

グウィンが言ってエシルの背中を撫でた時、アルが弾かれたようにグウィンから離れ、

「やだ！」と叫んだ。

「エシルを連れて行っちゃやだ。ぼく、洗濯も掃除もする。鶏さんの世話もちゃんとして、大人の言うことちゃんと聞く」

アルが言えば、ディーもグウィンから離れ「ぼくも」と、泣きそうな顔で言った。

「ぼくも、エシルがいなくなったらやだ。……あ、あの、タヌさん！　ぼくのタヌさんあげる。だからエシルを連れて行かないで」

エシルよりさらに幼いアルとディーには、まだ藩主とは何かなどわからないのだろう。

でも、兄のようなエシルが自分たちを守ろうとしていること、エシルが連れ去られるかもしれないことはわかっている。

彼らなりに懸命に引き止めようとする姿に、ライトは切なくなった。隣のスルイドが、すん、と鼻をすすって、潤んだ目を盛んに瞬いて誤魔化している。

「お前たちの気持ちはわかった。エシルは藩主ではなく、メウドゥーイになりたいのだな」

グウィンは言い、再び三人を抱きしめた。

「お前たちの希望に沿うよう、我々もできる限りの努力をする。だが、絶対とは言いきれない。約束はできないのだ」

「そんなあ」

アルが抗議の声を上げ、ディーはしくしく泣き出した。エシルだけが顔を上げ、何か決意したようにグウィンを見つめている。

そんなエシルを、グウィンも優しく見つめ返した。その瞳には子供たちへの慈愛と共に、この場で約束してやれない苦しさが見て取れた。

「『宵草の国』の平和のために必要であるなら、私はお前たちの希望を歪め、エシルを藩主にしなければならない。それはわかってくれるか、エシル」

子供には難しい言葉に思えるが、エシルはきちんと理解しているようだ。強くうなずいた。

「でも、アルとディーは自由にして。大きくなるまで、ちゃんと育てて」

決然とした声に、グウィンは厳かに答えた。

「約束する。それだけは絶対に守る」

それを聞いて、エシルの顔がくしゃりと歪む。グウィンの胸に再び顔をうずめると、

「わーん」と大声を上げて泣き出した。

エシルが泣き止むまで、グウィンは黙って彼の背中を撫で続けた。


グウィンは子供たちへ愛情を向けながらも、その愛情だけで、物事を決断することはできない。

広く人々が幸せになるのなら、心を鬼にしてエシルを藩主の座に就けなければならないのだ。決して、エシルを犠牲にしたいわけではない。

「ポルフォルの報告を待ってみないとわからないが。できる限りこの子らの思うように生きさせてやりたい」

子供たちの寝顔を見ながら、グウィンは囁くような声でつぶやいた。ライトも小さな声

で「うん」と相槌を打つ。

子供部屋の隣の寝室で、グウィンとライト、それに子供たちが寝ていた。グウィンにしがみついたままエシルが眠ってしまったからだ。アルとディーはエシルと離れたがらず、大人がそれぞれ一人ずつ子供たちを抱っこして二階に運んだ。

ライトはスルイドと、一階の客間に寝るつもりだった。いくら大きなベッドでも、さすがに五人ではきついし、メンバーが全員揃った時のことを考えて、廃材でベッドを余分に作っておいたのだ。

子供たちをベッドに寝かせ、スルイドと部屋を出ようとしたら、グウィンに止められた。

「一緒に寝ないのか」

そう言ったグウィンが、寄る辺ない子供のように思えて、放っておけなくなった。

スルイドが、お気になさらず、とでも言うようにカッコよく片目をつぶってみせる。ちょっと恥ずかしかったが、五人で寝ることにした。

それでグウィンの心にいくばくかの平安を与えられるなら、ライトの羞恥心などどうでもいいことだ。

今は子供たちを間に挟んでベッドにまろびながら、二人でぽつぽつと話をしている。

「ていうかグウィンは、グウィンフィードの王様だったんだな。もしかして、建国したのはあんたなのか」

気になっていたことを問うと、グウィンはわずかに目を伏せ「建国は、私だけの力ではないがな」と言った。

「動乱の時代の後、国を建てた。建国の時には、今のポルフォルの年齢を超えていた」

グウィンフィードは建国して二百年ほどだという。ポルフォルはあれで八十代だというから、グウィンの年齢は二百八十歳以上ということになる。

「エルフの中でも、私は長生きだ。普通はどんなに長寿でも、二百歳を超えるエルフはいない。魔力量が多いと、寿命も長く老いも緩やかになる傾向がある」

グウィンの持つ魔力は膨大で、だからこそここまで生きた。そこまで聞いて、はたと思いつく。

「じゃあ、俺もこっちの世界では長寿になるってことか？」

魔力量なら、グウィンを超えるかもしれないと、スルイドに言われたばかりだ。三百年近い人生を考えて、怖くなった。

そんなライトの気持ちを察したのか、グウィンがなだめるように手を伸ばし、ライトの頭を撫でた。

「まず、種族の特性というものがある。エルフは魔力の感応が他の種族に比べてずっと強いのだ。ゆえに私はここまでの長寿を得た。お前は人族だし、成人してから特殊な形で魔力を得た。並みの人族よりもやや、長寿だというくらいだろうな」

それを聞いてホッとしてしまった。ライトはラガスク王のように、不老長寿がありがたいとは思えない。

「もし体内の魔力量によって簡単に不老長寿になるなら、ラガスク王はすでに彼の望む身体を得ているはずだ。あの狂王は、召喚の儀を進める以前は、己の身体に魔力を流し込んで不老不死を得ようとしていた。今の狂王は百歳を超えている。元はあまり健康ではなかったと聞くから、魔力によって生きながらえているのだ」

しかし、完全な不老不死は叶わなかった。それで光の御子を召喚して戦力とし、グウィンフィードから不老不死の秘宝を奪おうと考えたのだ。

「『宵草の国』の継承問題を解決し、ラガスク王がグウィンフィードへ侵入することを阻止する。今、ポルフォルがグウィンフィード国王にかけ合って、交渉の場を設けさせているところだ」

『宵草の国』の現藩主、そしてエシルを藩主に据えようとする前藩主派、この二つの勢力を、グウィンフィード国王とグウィン率いるメウドゥーイの仲介により、和睦させる。

そして、ラガスク王が背後にいる血統派を叩くというのだ。

「交渉がうまくいけば、エシルは藩主にならずにすむのか？」

「前藩主派が納得すればな。彼らの地位も回復せねばならんだろう。その上で、グウィンフィード王国はエシルの叔父である現藩主を簒奪者《さんだつしゃ》ではなく、正式な藩主として認める。

その代わり現藩主も、エシルの身柄と前藩主派の地位を約束するよう、契約を交わすことになる」

交渉がうまくいけば、エシルは藩主に据えられることなく、追われることもなくなって、アルやディーと自由に暮らすことができるようになる。そうなってほしい。

「『宵草の国』の継承問題が解決し、血統派が粛清されれば、ラガスク王も容易にグウィンフィードには手を出せなくなる。生き残りの光の御子を救出すれば、彼の野望は完全に潰《つい》えるだろう」

仲間を殺された光の御子、高校生二人は、今頃どうしているだろう。

「光の御子を、早く助けることはできないのか」

召喚された当時とは、完全に状況が変わっている。二人も、一刻も早くラガスク王のもとから逃げ出したいのではないだろうか。

「救出は試みたが、うまくいかなかった」

グウィンは潜入していた当時を思い出したのか、苦い顔をした。

「二人はラガスク王にとって唯一といっていい切り札だ。狂王自身と同様に、魔術師たちに守られている。そしてこちらは手が足りない」

メウドゥーイたちの任務は、『宵草の国』やラガスクの問題だけではない。彼らは各地に散らばって任務に就いており、メウドゥーイは万年人手不足だ。

どうしても、多くの人がかかわるほうを優先せざるを得ない。

「私もすぐに救ってやりたいのだが。すまないな」

「俺に謝るなよ」

申し訳なさそうに言うから、かぶりを振った。

「そりゃあ、あの光の御子のことは俺も心配だけど。優先順位をつけなくちゃいけないのはわかってるし、グウィンたちがその中で精いっぱいしてくれてるのはわかってる。それに、交渉が終わって光の御子を救出できたら、ぜんぶ終わるんだろ。あの狂ったジジイの計画も」

「ああ。彼はこの計画にすべてを懸けている。野望が潰えれば、そうそう再起はできまい。ラガスク国内では、狂王への不満が日に日に高まっている」

王が己の欲望にかまけ、さらなる圧政を続ければ、民衆の不満は爆発するだろう。

「家臣たちにももはや、民衆を抑える力はない。それどころか、進んで民に力を貸すだろう」

「革命とか、政変が起きるってこと?」

ライトの問いに、グウィンはわずかに唇の端を上げ、酷薄そうな表情になった。

「少し前……光の御子の召喚が成功した後から、別のメウドゥーイの班をラガスク国内に差し向けてある」

メウドゥーイたちは密《ひそ》かにラガスクの民衆を煽り、また時にはラガスク王の家臣たちに近づいて、ラガスク王を玉座から引きずり下ろすための準備をしている。

グウィンは、召喚の儀を阻止できなかった。だがすぐに、次の手を打っていたのだ。

「できる限り血を流さず、荒れた国内を速やかに建て直せるようにするつもりだ。そうすれば遠くないうちに、すべてが終わる。それまで、お前にも窮屈な思いをさせるが、我慢してくれ」

「そんなの。ここにいるのは我慢のうちに入らないよ。大変だけど、子供たちと暮らせて毎日楽しいんだ」

でもそう、ラガスク王の野望が潰え、『宵草の国』の問題が解決すれば、子供たちもライトも、この隠れ家にいる必要はなくなる。

「俺は、すべてが終わった後、どうすればいいのかな」

「ライトはどうしたい？」

優しい声で尋ねられ、ライトは少し考えた。今まで、グウィンたちメウドゥーイの助けになりたいと思っていた。同時に、子供たちの力になりたいとも。

「俺はグウィンに助けられた。それからあんたや、ポルフォルとスルイドの姿を見て、自分も穏やかで平等で、優しい存在になりたいと思うようになった。自分が助けられたように、人々を助けるグウィンたちの手助けをしたい。たぶん、エシルも同じだと思うんだけど、自分が助けられたメウドゥーイになれたらって、ちょっと思ってた。……でも」

言葉を濁すと、グウィンは軽く頭を傾け、無言で先を促した。ライトは訥々と、自分の考えを口にした。

「さっき、子供たちの姿を見て思ったんだ。……夢みたいなことなんだけど。俺、このまこの子たちの世話を続けたい。簡単じゃないのはわかってるけど、三人とずっと暮らしたいと思ったんだ。あと、エシルたちから孤児院の話を聞いて、もっと子供たちの環境がよくなればいいなって思って。世界中の子供を育てることはできないけど」

「孤児院を作りたいということか？」

言われて戸惑った。まだそこまで、ビジョンが固まっているわけではない。つい、今さっき頭に浮かんだだけなのだ。

そんな前置きをして、ライトは続けた。

「孤児院って形じゃなくてもいい。たとえば今回みたいに、メウドゥーイの任務の延長で、子守りが必要になることがあるかもしれない。そういう時に、ここに連れて来てもらうんだ。もちろん、簡単じゃないし一人でも無理だろうけど」

子供たちにお腹いっぱい食べさせて、思いきり遊ばせて、読み書きと計算くらいは教えてやりたい。

「それから、ここをメウドゥーイたちの定宿にしてもらう。みんな旅から旅で大変だろ。

たまに休息してもらいたいなって思って。まあ、チビッ子がいたら静養ってわけにはいかないけど。で、休みついでに俺や子供たちに魔術を教えてもらう。魔術以外の勉強でもいい」

基本的にメウドゥーイは隠遁《いんとん》した魔術師なのだから、博識のはずだ。ライトだけではできない教育を子供たちに施したり、旅の話を聞かせるだけでも刺激になるだろう。

それに、定宿であれば、グウィンも立ち寄ってくれるだろう。

「ほんとに、ただの夢なんだけど」

言っているうちに、何か壮大なことを口にしている気がして恥ずかしくなった。自分だってグウィンに面倒を見てもらっているのに、そんな自分が子育てなんて、おこがましいことを言ったかもしれない。

そんなことを思っていたのだが、グウィンは予想外の反応を示した。

「面白そうだな。私も手伝いたい」

なるほど、とライトの案を真剣に吟味している。

「子供が増えれば二人では難しいだろう。この家も手狭になる。しかし、当座の間は十分だろう」

「え、でも、グウィンはメウドゥーイの仕事があるんだろ」

しかもグウィンフィードの建国王だ。かなり重要な立場にあるのではないだろうか。だから言ったのだが、グウィンは大げさに悲しそうな顔をしてみせた。

「なんだ。私が一緒では不満か」

冗談だとわかっているが、そんな顔をされると胸にくる。

「違う。嬉しいよ。最初はメウドゥーイになって、あんたと一緒にいたいと思ってたんだし。子供たちの世話をするって思いついて、でもグウィンと離れるのは寂しくて……」

ライトは正直に、自分の気持ちを打ち明けた。グウィンは顔を綻ばせ、身を起こしてライトに近づくと、唇の端に口づけた。

「ちょ……」

ライトは真っ赤になる。子供たちがいるのに。見られたらどうするのだ。相手を睨んだが、グウィンはしばらくニヤニヤしていた。

「私は、この件が終わったら、お前を弟子にして連れて行こうと思っていた。メウドゥーイにするためにな。嘘から出た何とやらだ」

そういえばここまでの道中、ライトはグウィンの弟子候補という設定だったのだ。

「しかし、お前に出会う以前から私は、そろそろメウドゥーイの活動から退きたいとも考えていた。完全に引退するわけではないが、旅から旅への生活が長くてな。余生が残り少なくなってきたら、どこかに腰を落ち着けたいと思っていた」

それは穏やかな口調だったが、ライトは心臓を射抜かれたような衝撃を受けた。

「残り少ないって……。そうなのか？　どこか、悪いのか」

動揺のあまり、思わず大きな声が出てしまう。子供たちが「うーん」と唸ってコロコロと寝返りを打ったので、ハッと口を押さえた。

「まあ落ち着け。残り少なくなったらというだけで、今がそうだというわけではない。私の余命は……そうだな。膨大な魔力を得た人族のお前と、そう変わらないのではないかな」

ライトは安堵のあまり、泣きそうになってしまった。それからヒヤヒヤさせたグウィンが恨めしくなり、「驚かせるなよ」と睨む。

グウィンはそんなライトに、愛おしそうな笑みを向けた。

「お前の案は、私とお前、それに子供たちの希望も同時に叶えられる。なかなか妙案だ。ここらで腰を落ち着ける時期を早めても、いいのではないかと思った」

「グウィンと一緒に暮らせるってこと？」

「私はそうしたいが、お前はどうだ」

ライトは今度は自分から、グウィンへと手を伸ばした。グウィンが気づいてその手を握ってくれる。

「俺もそうしたい。あんたと暮らしたい。叶うならここでこれから、グウィンと子供たち……エシルも一緒に」

簡単な願いではないとわかっている。最後の願いは特に。でも、願わずにはいられない。

「ああ。お前や子供たちの希望を実現できるよう、力を尽くそう」

グウィンは握る手に力を込める。ライトも、同じように強く握り返した。


ポルフォルの帰りが、予定より遅れていた。

彼はグウィンフィード国王を通じて『宵草の国』に交渉を求める傍ら、グウィンフィードの宮廷にしばし留まり、宮廷内の政治家たちに働きかけを行っていたそうだ。

グウィンたちメウドゥーイが『宵草の国』の問題を速やかに解決できるよう、グウィンフィード政府としての意識を統一するための、一種の政治活動のようである。

ポルフォルの前身はグウィンフィード王国の中央官僚で、彼の後進が今も中枢にいるのだそうだ。

政治家たちから『宵草の国』への働きかけもあって、グウィンフィード国王の交渉の呼びかけに『宵草の国』の現藩主と前藩主派の筆頭が応じた。

日時と交渉立会人に条件をつけて、交渉を行うことが決まったと、ポルフォルからグウィンに連絡があったそうである。

それから二日ほどでこちらに戻って来るはずだったのに、最後の連絡から五日が経っても現れない。

グウィンとスルイドからポルフォルへ、魔術での通信を試みたが、伝達が送れはするものの、返事はなかった。

グウィンフィード本国へ連絡すると、グウィンに報告があったその日に本国を発ったという。ポルフォルの身に何かあったのだ。

子供たちに動揺を与えないよう、大人たちは何事もない素振りを続けていたが、内心では気が気ではなかった。

「遅れるなら遅れると、ポルフォル様なら連絡をくださるはず。私が捜索に出ます。グウィン様、私を行かせてください」

普段は冷静なスルイドも、子供たちが寝静まった後にグウィンに頼み込んだ。

「探すにしても、手がかりが少なすぎる。グウィンフィード国内のメウドゥーイにはすでに、ポルフォルのことを伝えてある。彼らから情報が上がるまで待て」

グウィンも平静を装っていたが、内心では心配でたまらなかったに違いない。

だから、連絡が途絶えてから一週間後、ポルフォルが帰って来た時には、誰もが心の底から安堵した。

ポルフォルはひどい怪我をしていた。右足を折られ、左足を砕かれていた。他にもあちこち重傷を負っていた。魔術を駆使して、命からがらここまで戻って来たのだ。

「ご心配をおかけしてすみません。グウィンフィードの王都は安全だろうと、私が油断していたのです。魔術での隠密行動を取っていませんでした」

グウィンやスルイドは諜報《ちょうほう》活動のため、魔術により姿を変えて行動をしていると言っていた。一種の幻覚術だ。ポルフォルはしかし、出身国であることや、元部下や身内が近くにいる気安さから、姿を変えることなく街を歩いていた。

それでグウィンフィードを出立する直前、街中で何者かに突然襲われたのだという。どこか倉庫のような場所に拉致され、拷問された。

「拉致犯はエルフ族でした。血統派か、あるいはラガスク王の差し金でしょう」

犯人たちは、ポルフォルらメウドゥーイがグウィンフィード国王を通じ、『宵草の国』の現藩主、および前藩主派らに呼びかけていることを知っていた。

しかし、その目的が交渉であるということは知らず、詳細をポルフォルから聞き出そうとしたようだ。

「二つの派閥に呼びかけるのだから、何がしかの交渉事だと当たりはつけているようでしたね。けど、大丈夫。何も漏らしていませんよ。隙を突いてどうにか逃げました。相手も、私の両足を折ったので、逃げられないと思っていたのでしょう」

ポルフォルは気丈に笑ってみせたけれど、手の爪が何枚も剝がされていた。他にもあちこち、打撲や切り傷があったようだ。

「そこまで堪《こら》えるな。自分を大切にしろと、いつもあれだけ言っているのに。メウドゥーイの信条に献身はあっても、自己犠牲はないのだぞ」

グウィンが怒ったように言っていた。しかし彼は魔術を駆使し、できる限りポルフォルの治療に当たった。

スルイドが教えてくれたが、グウィンほど優れた治療の魔術を行える魔術師は、いないのだそうだ。瀕死だったライトを回復できたのも、グウィンだからこそだろう。

グウィンのおかげで、ポルフォルの砕かれた足は骨折程度に回復し、剝がされた手の爪も再生した。ただ、完全に治るまでには時間がかかりそうだ。重い怪我を急激に治療したから、身体にも負担がある。

一階の寝室で療養することになり、グウィンが治療を続ける傍ら、ライトとスルイドも介添えを行った。

子供たちも手伝った。自由に動けないポルフォルのために、水差しを定期的に入れ替えたり、身体を拭くのを助けたりした。

さらには、ポルフォルが心細いだろうと、アルとディーは自分たちが大切にしているお馬とタヌさんを、エシルはとっておきの本を貸してくれた。

「子供たち、ありがとう。怪我もすぐに治っちゃいそうですよ」

日に何度も身を案じ、何かと気にかける子供たちに、ポルフォルは涙ぐんでいた。大変な目に遭ったけれど、静養を続ければやがて元どおり、回復するだろう。

グヴィンの見立てにライトもスルイドも胸を撫で下ろしたが、問題はあった。

「『宵草の国』の交渉人に、私も指定されたのです。何としても行かなくてはならない」

交渉に際しては前藩主派から、エシルが同席することを条件とされた。

現藩主からは、グヴィンフィード国王の名代であるグヴィンと、二人のメウドゥーイを見届け人とするよう指定されている。

その二人のメウドゥーイに、ポルフォルは自分とスルイドを挙げていた。というより、メウドゥーイの中にはもう、他に割ける人員がいなかったのだ。

「無理だ。傷が塞がったとはいえ、お前の身体が満身創痍《まんしんそうい》であることに変わりはない。今、椅子に座っているのが精いっぱいだろう。グヴィンフィードまで行けるはずがない」

グヴィンが渋面を作って言う。

それは、お茶の時間だった。ポルフォルはスルイドに抱えられてテーブルにつき、子供たちも交えて会議がてらお茶を飲んでいる。

子供たちは最初ははしゃいでいたが、途中から大人たちが難しい話を始めたので、大人しくなってしまった。

「今、無理に動けば、足の怪我が一生治りきらないかもしれないんですよ。そうしたら、今後のメウドゥーイの活動にも差し障るでしょう」

スルイドも言う。ライトだとて、今のポルフォルを見ていたらとても賛成できなかった。ポルフォルはまだ、自分の足で歩くこともままならないのだ。内臓も傷つけられ、それを魔術で治療したから、当分は体力を取り戻すために静養を必要としている。遠い場所への旅なんて、無茶に決まっている。

「しかし、せっかく国王陛下が交渉の場を設けてくださったんです。ここで、条件のとおりにメウドゥーイが来られないということになれば、交渉そのものが危うくなります。現藩主も、前藩主派も、陛下とメウドゥーイを信用して応じたのですから。その信用が傷つけば、再度交渉を取りつけるのも難しくなる」

それは、グウィンもスルイドもわかっている。大人たちが黙り込んだ時、アルが「ねえねえ」とライトの袖を遠慮がちに引っ張った。

「ねえ、お外で遊んできてもいい？」

じっとしていたけど、我慢できなくなったのだろう。ディーもそわそわ丸い耳を動かし、エシルはさっきから椅子をギシギシ揺らしている。

ライトは笑ってうなずいた。

「いいぜ。ただし、いつも言ってるけど、家の柵までな。それを越えたら迷子になっちゃうぞ」

言い聞かせると、エシルを含めた子供ら三人は「ん」と、小指を突き出した。ライトも小指を掲げる。

「指切げんまん、嘘ついたら針千本飲ーます！」

ライトが約束の呪文を唱えると、子供たちが「指切った！」と叫び、ワーッと外に駆け出して行った。

一足早く隠れ家に戻っていたグウィンとスルイドは、すっかり馴染みとなった光景に、しばし渋面を解いてほっこりする。ポルフォルは指切りを見るのは初めてで、ライトと子供たちのやり取りを興味深そうに見ていた。

「何だか不思議な呪文ですね」

「俺のいた国の風習なんだ。指切りしたからって、本当に制裁を受けるわけじゃないんだけど」

ライトが家の用事をしている間、子供たちは外で遊びたそうで、遠くに行かせないために何か興味を引けないものかと考えた。

それで「指切り」を思い出したのだが、指を切るというのと、針を千本飲ませるという言葉が衝撃的だったらしい。言葉だけの約束事なのに、子供たちは神妙な顔で指切りをするようになった。

約束を破って柵の外に出ないか、毎度ハラハラするのだが、今のところ指切りの約束は守られている。

「スルイドやグウィン様から聞きましたが、ずいぶん工夫をしてくれているようですね。子供たちの負担も軽くなってるみたいで嬉しいです」

毎日の家の仕事が子供たちにとって負担なのを、ポルフォルも気に病んでいたのだろう。そう言われるとライトも嬉しい。

その時、スルイドが「あの」と、ためらいがちに声を上げた。なんだ、とグウィンが視線を向けると、やはり迷いつつ口を開いた。

「ライト殿のおかげで、アルとディーだけでも鶏の世話ができます。掃除や洗濯はちょっとくらい、さぼっても死にませんし。ポルフォル様は炊事で火の管理をするだけで、暮していけるのではないでしょうか」

「何が言いたい」

グウィンが硬い声音を発するので、スルイドの耳は怯《ひる》んだように、わずかに水平に倒れ込んだ。

「ポルフォル様とアルとディーに、この家の留守をお願いし、ライト殿には我々と同行していただくのはどうでしょうか」

「え、俺？」

ライトは驚き、ポルフォルは糸目を見開いてうなずいた。

「私も実は、同じことを考えていたんです。ライトにお願いするのは心苦しいのですが、他に信用できる人材はいません」

ライトはそれを聞き、自分で役に立つのなら、ぜひ同行させてもらいたいと思った。

しかしグウィンは渋面のまま、静かにかぶりを振った。

「ライトはメウドゥーイではない」

「もちろん最初は見習いでしょうが、資質はあります。グウィン様とて、弟子にしてゆくゆくは我らの一員にとお考えだったのではないですか」

スルイドは耳を寝かせながらも、必死に食い下がった。

「メウドゥーイ三人の推薦があれば、ライトを仲間にできます」

ポルフォルが言葉を添える。グウィンを向いていたが、ライトに聞かせた言葉だろう。

そう判断して、ライトもグウィンに訴えた。

「俺にできるなら、やらせてほしい。俺をメウドゥーイの一員に加えてくれ。交渉がうまくいけば、子供たちは三人で自由に暮らせるんだろう？」

グウィンはすぐには答えてくれなかった。難しい顔をして、考え込むように視線を落としている。

「グウィンフィード王国とて、決して安全とは言えない。現にポルフォルがこのとおりだ。目くらましの術も絶対ではない」

ライトの身を案じてくれているのだ。そう気づいたライトは、逆に何が何でもグウィンをうなずかせなければと思った。

他に方法はないのだ。ライトの身の安全を優先して、ポルフォルが健康を害し、子供たちの未来が閉ざされるのは嫌だ。

「それはみんなだって同じだろ。エシルだって道中、血統派や現藩主に狙われる危険がある。頼む、やらせてくれよ。ここでやらずにエシルが藩主にさせられたりしたら、俺は一生そのことを引きずるだろう。一人だけぬくぬくとなんて、できないよ」

三人の視線がグウィンに集中する。しんと静まり返った室内に、庭先で子供たちのはしゃぐ声が響いた。

「……少し、考えさせてくれ」

やがてグウィンが答えた。苦渋に満ちた声に、三人はそれ以上、食い下がることはできなかった。

ラガスク国にいる別のメウドゥーイから、グウィンに連絡が入ったと聞いたのは、その日の晩のことだった。

子供たちを寝かせた後、一同は一階の寝室に集まっていた。ポルフォルがまだ、椅子に座ったままでいるのが辛いからだ。

「ラガスクの王城から、王と光の御子の姿が消えたそうだ」

ポルフォルをベッドに寝かせ、他の三人はその周りに座っていた。グウィンからもたらされた報告に、ライトたちは驚いて息を詰めた。

「王城は表向き、普段と何ら変わらないが、二日前から彼らの気配がない。ラガスク王に仕えていた魔術師数名も、このところ姿を現していないそうだ」

城内の内通者はいなくなってしまったため、詳しいことがわからない。ただ表向き、王が不在にしているという情報はなく、王たちは城を出て密かに、どこかへ出かけているのではないかということだった。

ラガスク王はもうずいぶん前からまともに執務を行っておらず、魔術の研究にばかりかまけているから、いてもいなくても城の日常に支障はないのだろう。

「確かラガスク王は、暗殺を恐れて長く城の奥にこもっていたはず。いったいどこに行ったのでしょう」

スルイドの問に、グウィンは「わからん」と首を横に振った。

「ただ、狂王が気まぐれで動くとは思えん。それに、図ったようにこの時期だ」

「けどあのジジイは、グウィンたちが動いていることは知ってるけど、何をしてるか詳しいことは知らないんだろ」

「ええ。私は拉致犯に、交渉の件を話していません。交渉の事実を知っているのは、グウィンフィード国王と『宵草の国』の現藩主、それに前藩主派の筆頭、それに私だけです。ただ、交渉があること自体は、推測される可能性もありますが」

ライトの言葉をポルフォルが引き継ぐ。交渉の日時や条件などの詳細は、交渉に臨む者たちだけが知っている情報だ。

血統派に情報を流すメリットがないし、血統派を通じて以外にラガスク王がこれらの重要な情報を手に入れることは難しい。

ただ、それぞれの勢力のトップが動いていることから、交渉の存在が推測される可能性があった。

さらに言えば、現藩主と前藩主派は動いているのに、血統派だけが情報を持っていない。自分たちを除外してグウィンフィード国王が二つの派閥の和睦を進めていると考えるのが自然だ。

「ラガスク王としては、何としてでも避けたい事態に進んでいる。和睦を阻止するつもりか。それとも、なりふり構わずグウィンフィードの秘宝を襲うか」

「もし後者なら、正気の沙汰ではありませんね」

スルイドが嘆息する。ラガスク王が求めるエルフの秘宝は、グウィンフィード王国の宮中深くに隠されているという。もちろん、どこにあるかは国王をはじめ一握りの者しか知らない秘匿事項だし、魔術師数人で突破できるような警備でもない。

魔術と共に、軍事力もまたグウィンフィードは西方一の規模を持っている。四つの藩を統治するのに、相応の武力が必要なのだ。

「正気でないというなら、あの男はとっくに狂王だが。もしくは私が事の中心にいると知って、復讐するつもりかもな」

グウィンはラガスク王の顔を思い出しているのか、遠くを見据え酷薄な笑みを浮かべた。

「ラガスク王がいるならやはり、ライトは連れて行けない」

唐突に結論をつけられて、ライトは目を剝いた。

「なんでだよ」

「お前が生きていると、ラガスク王はお前を手に入れようとするだろうからだ。危険だ」

「なら交渉をやめるのか。それにもしもう一度、うまく交渉を取りつけたとしたって、エシルやあんたたちが危険なのは変わらないんだぞ」

「だからといって、お前の身が危険に晒《さら》されていいわけではない。お前はこの世界と何の関係もなかったのに、わけもわからず召喚された。この上、我々がお前を利用していいわけがない」

「そんなの……」

言い訳にならない。まるでライトには関係ないと言われたみたいで納得できない。

グウィンは頑《かたく》なになり、ライトは熱くなっているのをオロオロと見比べて、ポルフォルが見かねたように間に入った。

「グウィン様の心配はもっともですが、国王陛下には我々の警備を頼んでおきました。エシルの身に、万が一にも危険が及ばないようにと。グウィンフィード王国に入ってしまえば、王宮からの護衛がつきます。さらに王宮へ到着すれば警備も盤石でしょう」

それでもグウィンは、首を縦に振らなかった。

どうしてそんなにも頑ななのか。ライトは考えて、自分のためだと思いついた。

それだけ、ライトが心配なのだ。冷静に判断ができなくなるほど、ライトを大切に想《おも》ってくれているのだ。

そのことに気づいた時、ライトはどうしようもなく心が震えた。

喜びと同時に、やるせなさやもどかしさに見舞われる。ライトはぐっと拳を握った。

「グウィン」

呼ばれて顔を上げた男の頬を殴った。軽く小突いた程度だが、グウィンはいきなり殴られたことにびっくりしたらしい。ぽかんと口を開けた。

「ら、ライト？」

「ライト殿、暴力はいけませんよ」

ポルフォルとスルイドも青ざめていた。二人に「ごめん」と謝ってから、グウィンに向き直り、言った。

「グウィン、私情を挟むなよ」

「私情……？」

殴られた頰を確かめるように押さえつつ、グウィンがおうむ返しにつぶやく。その表情は、呆然《ぼうぜん》として見えた。

「俺のことを心配してくれてるのはわかる。嬉しいよ。けど、あんたはグウィンフィードの元王様で、メウドゥーイなんだろ。『宵草の国』の国民のために、エシルには辛い決断をさせたじゃないか。六つの子供に。なら俺に対しても同じように、非情な決断をしろ」

グウィンの迷いは私情だ。エシルに下したのと同様の判断をするなら、ライトをメウドゥーイに加え、ポルフォルの代わりに連れて行くべきだ。

「多くの人が助かって、エシルや子供たちの未来が明るくなるなら、俺の身の安全がどうこう言ってる場合じゃない。それくらいちゃちゃっと計算しろよ」

グウィンを睨み、わざときつい言葉を投げかけた。グウィンの想いが嬉しい。ライトだって、グウィンのことを大切に想っている。

でもだからこそ、ここでライトがいさめなければならないのだ。

「ライト……」

呆然とこちらを見つめ返していたグウィンは、やがてクッと喉の奥を鳴らした。それから堰を切ったように、クックッと肩を震わせて笑う。

ライトは驚き、ポルフォルとスルイドはひいっと怯えていた。スルイドの耳はぺたっと寝てしまっている。

「大変です、グウィン様がご乱心っ」

「しておらん」

落ち着け、とポルフォルをなだめる。それでもまだおかしそうに笑っていた。

「お前にはかなわんな、ライト。子供たちを除けば、殴られたのは二百年ぶりくらいだ」

「いきなり、悪かったよ」

活を入れるためにと思ったのだが、やはり暴力はよくなかったかもしれない。

「だがおかげで目が覚めた。そうだな。私はメウドゥーイとして決断を下さねばならん」

そこでグウィンは、笑いを消した。真剣な目で真っ直ぐにライトを見る。

「メウドゥーイに、我々の仲間になってくれるか、ライト。そして共にグウィンフィードへ赴き、交渉を見届けてくれ」

ライトは迷わずうなずいた。

「あなたたちの仲間になる。交渉についていて行くよ」

出発までの間に、隠れ家の全員でできる限りの準備をした。

まずは、アルとディーと怪我人のポルフォルが、できるだけ不自由しないように暮らす準備を。

地下倉庫から当座の食料を運び、寝具などは洗って清潔にしておいた。子供部屋のベッドを一階のポルフォルの部屋に移す。ポルフォルはまだ階段の上り下りが不自由で、子供たちも二階に二人だけだと心細い。同じ部屋で寝起きすることにしたのだ。

水場の水を流す樋には、ライトが新しく取っ手をつけ、小さな子供二人でもどうにか組み立てられるように調整した。

エシルが旅立ち、自分たちだけ置いて行かれると知った当初、アルとディーは泣いてぐずった。

「やだ、エシルと一緒にいる」

「連れてかないでって言ったのに。グウィン様のばか」

グウィンはたくさん詰《なじ》られて、ちょっと可哀想だった。大人とそれからエシルが、みんなで代わる代わる説得し、ようやく二人は準備に協力してくれるようになった。アルは意外に頑固で、まだむすっとしていたが。

「絶対帰ってくるから」

エシルが言い、「絶対だよ」と、三人で指切りしていた。物心つく前からずっと一緒だったのだ。血を分けた兄弟かそれ以上に、この三人だけの絆があるのだろう。

みんなの幸せのために、何があっても無事に帰って来なくてはならない。

グウィンたち三人のメウドゥーイは、出発までに目いっぱい、ライトとエシルに魔術の教育を施した。

「エシル、ライト、頑張ってー」

アルとディーが見守る中、庭先で特訓をする。最初は、地面に落ちた木の葉を風で飛ばすところから始まった。それから、同じく地面に落ちた小枝に火を灯すこと。少しでも煙が出れば合格だ。

しかし、ライトはグウィンの推測どおり、並みのエルフより魔力が大きいようだ。最初のうちは、木の葉を飛ばすどころかつむじ風を起こしかけ、小枝と周りにある草木を消し炭にしてしまった。

グウィンたちが防御のための結界を張ってくれていたので、周りに被害が及ぶことはなかったが、ちょっとした魔術でこれだけ大事になるのでは、実践では使えない。

それでも諦めず、毎日時間の許す限り特訓した。なかなか上達せずに焦ったけれど、出立の間際になってようやく、コツを摑めた。

小さな風から大きな突風まで、意識して起こすことができるようになったし、小枝にポッと小さな火を起こすのも可能になった。ただ、やっぱり魔力が大きいので、制御のための集中が必要だ。

「ライト、頑張れー」

「ライト！　十一たす三十八は？」

「えっ？　えーと、えーと、四十九！」

子供たちが周りで騒がしく応援し、たまになぞなぞやら計算の問題を出す。ライトはそれに答えながら、遠く離れた場所の木に吊るした、一本の薪に集中した。

短く詠唱すると、間もなく薪から、ポッ、と小さく火が上がった。

薪の近くに立っていたグウィンがそれを検分する。

一瞬、子供たちの応援が止み、その場がしん、と静かになった。グウィンを除く全員が、固唾《かたず》を呑んで検分するグウィンの様子を窺う。

「……よし、合格。ライトをメウドゥーイ見習いとして認めよう」

グウィンが判断を下すと、わっと歓声が上がった。ライトもホッと胸を撫で下ろす。

メウドゥーイは魔術師たちの集団だ。魔術師以外でも、メウドゥーイたちと行動を共にする人たちはいるが、メウドゥーイと名乗るためには、三人のメウドゥーイの推薦の他、最低限の魔術が使える必要がある。

ライトが実践で魔術を使えても使えなくても、交渉の場にはメウドゥーイとして臨むことになっていたが、やはり実践できるのに越したことはない。

メウドゥーイ見習いとして認められる魔術の実技試験に、ライトは出立ギリギリで合格したのだった。

「おめでとう、ライト。お前は名実共に、メウドゥーイの資格を持った。胸を張っていい」

グウィンは言って、メウドゥーイの心得も教えてくれた。

いわく、メウドゥーイは、広く人の助けになるために働くこと。

そして、メウドゥーイの財産を私欲に使わないこと。財産とは金品のことではなく、メウドゥーイ同士の人脈だったり、任務で得た経験や知識のことだそうだ。

さらに、身を護る以外に他人を傷つけてはいけない。けれど、人を助けるために自己を犠牲にするのもいいことではない。己の手に余る任を受けるべきでもない。

「最後のほうは難しいな」

財産を私欲に使わないとか、護身以外で人を傷つけない、というのはわかる。でも自己犠牲はよくないとか、手に余る任務を受けるなというのは曖昧な規則だ。

「規則ではなく、信条だ。メウドゥーイは掟《おきて》で仲間を縛ることはない。元は個々の活動の集まりだからな」

「ただ、みだりにメウドゥーイが増えて名前が悪用されても困るので、新たな仲間を加えるための条件を作り、メウドゥーイの証《あかし》を発行することにしたんです」

ポルフォルが、メウドゥーイの事務的な事情を細かく教えてくれた。

仲間に加える条件とは、三人のメウドゥーイたちの推薦を得ることだ。

そうして正式にメウドゥーイに加わると、その証としてメウドゥーイの印がついた指輪と手帳を与えられるという。

小枝の意匠をあしらった紋章が、メウドゥーイの印だ。指輪と手帳を製造管理しているのはグウィンフィード王国で、国王の名の下に発行するのだそうだ。

つまりメウドゥーイの本部で、名目上の長というのはグウィンフィード国王ということである。これは仲間内では周知の事実だが、一般人が知ることは滅多にないのだそうだ。

「メウドゥーイの創始者は、グウィン様ですからね。グウィンフィードの王位を甥御様に譲った後、活動を始められたのです。甥御様は先代の国王で、現在の国王陛下はその子になります」

「じゃあグウィンは、メウドゥーイの中でも偉い人なんだな」

ポルフォルの説明に、ライトは感心した。

「偉くなどない。ただ、長い生を持て余して暇だっただけだ」

グウィンは居心地が悪そうに言ったが、最初にメウドゥーイの活動を始めたエルフとは、他ならぬグウィンだったのだ。

　さらに国王が知己だとは聞いていたが、親戚だった。

　グウィンフィードの建国王がメウドゥーイの創始者でもあったから、グウィンフィード国とメウドゥーイは切っても切れない関係なのだ。

　ライトは暫定として、隠れ家に置いてあったグウィンの古い手帳をもらった。指輪と正式な手帳は、グウィンフィード国に行った時に発行してもらうという。

　エシルもライトほどではないが、魔術の実技の特訓をして、出立の準備は整った。

　出立の前の日、ライトはご馳走を作り、みんなでお楽しみ会をした。

　子供たちはいつものお楽しみ会の日と同じく、ライトたちのベッドで寝たが、グウィンにしがみつくことはなく、三人で団子のように固まって眠っていた。

「三人とも、不安なんだろうな」

　彼らの寝顔を眺めながら、ライトはつぶやいた。ひしっとお互いにしがみつくようにして眠る三人を見ると、いじらしくてどうにかしてやりたくなる。

　ベッドの反対側の端で、グウィンもうなずいた。

「こうして五人で眠るのを、これで最後にしたくない。すべてを片づけたら、またここで、子供たちとお前と、みんなで穏やかに暮らしたい」

　それはグウィンにとっても、切実な願いなのだ。三人の子供たちを助けたのは、グウィンにとってはじめのうち、任務の一環にすぎなかったかもしれない。けれど今、グウィンはこの三人に対し、特別な愛情を感じているように見える。

「三人の子守りをして大変だったが、充足感のようなものがあった。メウドゥーイの活動をしていた時とはまた違う、安らかな感情だ。大変だったが」

手を焼かされた記憶を思い出したのか、大変だったと繰り返すので、ライトはちょっと笑ってしまった。

「うん、わかる。チビたちといると、毎日ぐったりするけど、生きてる感じがする」

「生きている、か。そうだな。そのとおりだ」

グウィンも子供たちを眺めながらうなずいた。

「子供たちといる時のこの充足が何なのか、わからなかった。お前と出会って気づいた」

ベッドの端から手を伸ばされて、ライトはそれを握った。グウィンはその存在を確かめるように、ぎゅっと強く握りしめる。

「もうずっと……気が遠くなるほど長い生を、私は一人で走り続けていた。妻はいたが、子供には恵まれなかった。その妻もグウィンフィードを興した時、すでに亡かった。それからはずっと一人だ。束の間、孤独を慰め合う相手はいたが、身体を合わせても心まで通じ合う相手はいなかった」

グウィンはぽつりぽつりと、自身について語った。

平和をもたらすために、グウィンは国を統一した。国を治め、王を退いてからもメウドゥーイとして人々のために活動し続けたのは、他に生き方を知らなかったからだ。

「私は王で、創始者だった。常に人の上に立ち、人々を導く。それが、周りにとっても自分にとっても当たり前のことだった」

それでもいつか、寿命が尽きる間際には、自分のために生きたい。そう思いつつ、自分のために生きることがどういうことか、わからないままメウドゥーイの任務を続けていた。

「お前を助けたのも、最初はただの任務、義務感からだ。だがお前との旅は、存外に心地よく楽しかった。お前は何度もひどい目に遭ったのに、しなやかで健やかだった。助けた私に媚《こ》びへつらったりもしない。真っ直ぐで、とにかく心地よかった。癒やされたのだ」

「俺は別に、健やかじゃなかったよ。元気になったのは、グウィンのおかげだ」

グウィンが気に入ってくれるような、特別な態度を取ったつもりはなかった。むしろ、自分のことしか考えていなかった。

そう言うと、グウィンは小さく笑った。

「世の中の人々は、お前が思っているよりもっとずっと、ひねくれていて利己的なのだよ。私は以前、助けた相手に寝首をかかれそうになったことがある。それも一度だけではなく、何度も」

けれどライトは、子供のエシルたちと同じように、グウィンの善意を真っ直ぐに受け取って、感謝してくれる。

見返りが欲しくてメウドゥーイになったわけではない。けれど殺伐とした活動の中、ライトの態度はどれほど嬉しかったことか。

「ただ助けられ、守られるだけではない。私のことも気遣って支えようとしてくれた。お前を抱いているつもりで、お前の温もりに抱かれていた……以前にもそう言っただろう。覚えているか」

ライトは小さくうなずいた。それは覚えている。言われて嬉しかったから。

「お前は私を包み、支えようとしてくれる。時に母のように、あるいは妻のように」

「いや、母とか妻って……」

男なんですけど、とゴニョゴニョ言うと、グウィンは喉の奥で笑って、ライトの背中をさすった。

「母の記憶はないし、妻との婚姻は政略的なもので、関係は希薄だった。だから本当の温もりは知らない」

淡々と告げるグウィンに、胸が痛くなった。彼はライトが思っていた以上に、孤独な人生を歩んでいたのだ。

「余生をお前と生きられたら、どんなに穏やかで楽しいだろうと考えた。一人ではなく、二人で共に支え合い、温もりを感じ合う生活とはどんなものか。想像するだけで楽しかった」

ライトをそばに置いておきたい。旅の途中から、ライトに惹かれているのはわかっていた。

「だがそのことは、言わないでおこうと思っていた」

「どうして」

言ってくれればよかったのに。戯れに手を出されて、グウィンの気持ちがわからず、期待しないようにと自分をいさめていたのに。

「私が思いを伝えれば、お前を縛ることになるからだ」

ライトをそばに置きたいが、同時に自由にもしてやりたい。この世界の知識を与え、好きな場所で暮らせるように。グウィンはそう考えていた。

「だが、この一か月お前と離れていて、自分の気持ちに気がついた。お前を手放したくない。すべてが終わってお前が自由になった後も、そばにいたい」

握り込まれた手が熱い。こちらを見つめるグウィンの瞳を、ライトも同じ真剣さで見つめ返した。

「俺も、同じ思いだよ。子供たちのことはともかく、ぜんぶ終わった後も、あんたとどうにかして一緒にいたいと思っていた。そばにいるのが無理でも、どこかで繋がっていたいって」

言った途端、いきなり握っていた手を放されたから、ひやりとした。だがグウィンはベッドから下りて、反対端のこちらに移動してきただけだった。

ベッドの端に横たわるライトに覆いかぶさったかと思うと、無言のまま口づけを繰り返す。

「ん、ちょ……急に」

「すまん。気持ちが極まった」

大してすまないと思っていない口調で言い、また何度も口づけてくる。しばらくして気がすんだのかと思いきや、子供たちをそうっとずらし、ライトの隣に自分が眠るぶんを確保していた。

そうしていつものようにライトを抱きしめ、ぴったりくっつく。

「こら、大人げないぞ」

子供たちが朝起きたら、なんて言われるだろう。想像しただけで恥ずかしい。

「大事な告白の最中なんだ。大目に見てくれ」

グウィンは笑いを含んだ声で言った。告白、という言葉に胸が高鳴る。

「……告、白」

「ああ、そうだ。聞いてくれ、ライト。私はお前を愛してる」

ライトは息を呑んだ。愛してる、とグウィンは繰り返す。期待しないようにして、でもずっと欲しかった言葉。

「お前が愛おしい。お前とこの先も一緒にいたい。お前の愛を請いたい」

熱い吐息が耳朶をくすぐる。こんなにも熱く、切実に愛を請われるなんて、まるで夢でも見ているみたいだった。

「グウィン……グウィン！」

子供たちを起こさないように、小声でグウィンに呼びかけるのが難しかった。

「グウィン……！」

感情が昂《たかぶ》って、何から言葉にすればいいのかわからない。ただ必死で相手に縋りついた。

グウィンはそんなライトを受け止め、抱きしめる腕に力を込めた。

「……俺も」

混乱をどうにか抑え、やっとそれだけ言った。

「俺もだ。俺も愛してる。あんたを愛してるんだ、グウィン」

「ライト」

グウィンはライトを抱きしめ、ライトはグウィンを抱きしめた。どちらも互いの存在に縋りつき、温もりを確かめ合った。

「ぜんぶが終わっても、あんたと一緒にいたい。ずっと、ずっと……」

ああ、とため息のような答えが耳に響いた。

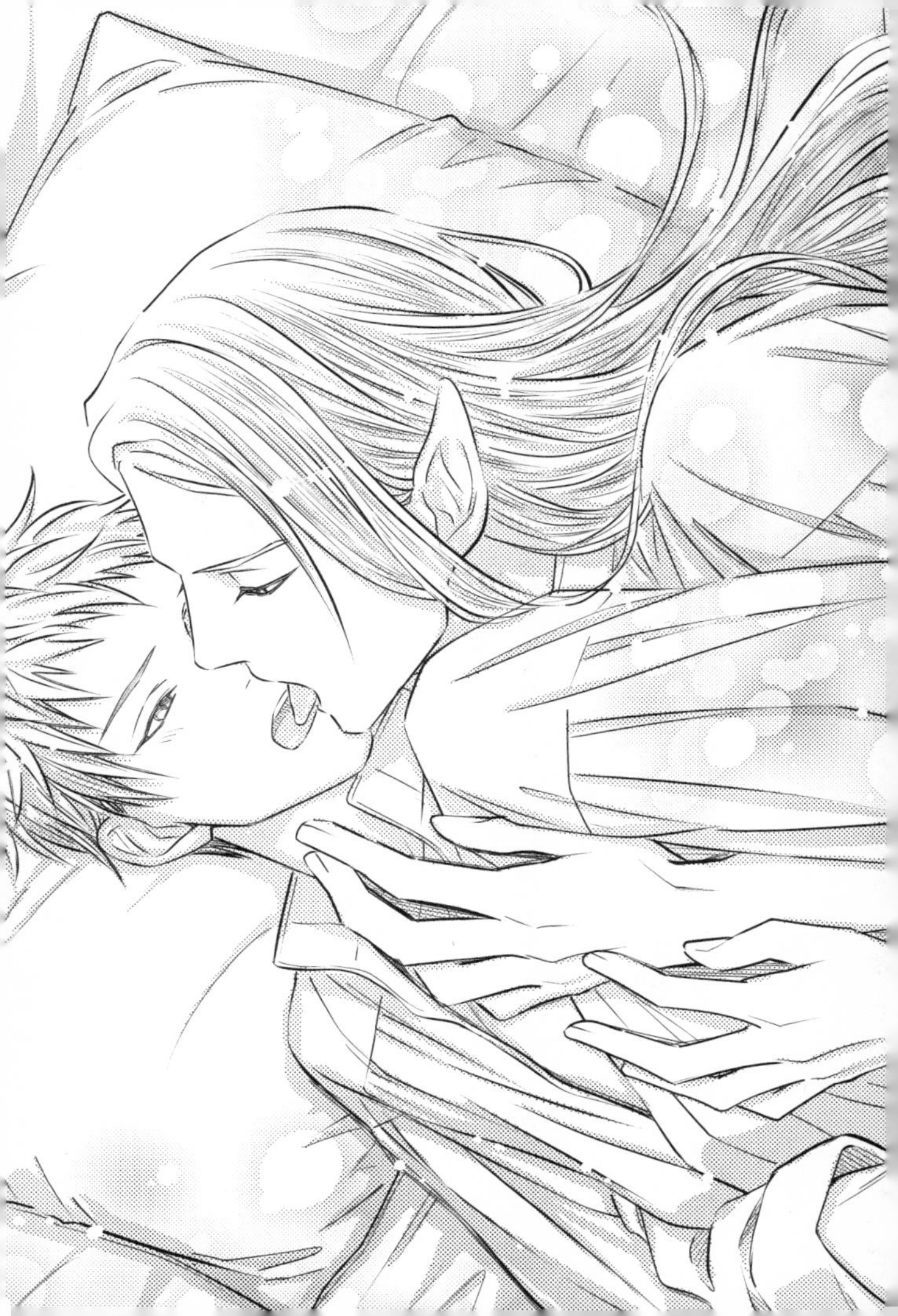

「共にいよう。できればこの家で、子供たちもみんな一緒に」

そうしてみんなで、毎日を楽しく過ごすのだ。

「うん」

「愛してる、ライト。無事に帰って来よう」

きっと必ず、絶対に。二人は誓った。安らかに眠る子供たちの隣で、いつまでも抱き合っていた。


翌朝、食事の後にライトたちは隠れ家を発った。

アルとディーは、エシルを見送りながら泣きじゃくっていたけれど、エシルは涙をこぼさなかった。

「いい子にしててね。ポルフォルのこと、困らせちゃだめだよ」

お兄ちゃんらしく気丈に振る舞い、二人に言い聞かせているのが健気《けなげ》だ。

でも隠れ家を出て森の奥へ行き、彼らが見えなくなると、自分を抱えるスルイドの胸にしがみついて、ポロポロと涙をこぼしていた。

ライトは何も言えず、グウィンも黙ってエシルの頭を撫でた。スルイドも背中をさすることしかできない。

一行は言葉少なに先に進んだ。

グウィンが魔術で転移の扉を開き、隠れ家に来た時と同じようにみんなでそれをくぐった。

転移した先は、グウィンフィード王国の北端だった。隠れ家からの距離は、王国の南のほうが近かったが、南方にある『宵草の国』からできるだけ遠く離れるために、一度北端に出たのだった。

転移した森の中を数時間歩き、今度は王都から少し離れた森の中に転移する。そこからまた最寄りの街へ歩く。

目的地の王都まで一足飛びに行きたいところだが、王都にはそうした魔術転移による侵入を防ぐため、結界が張られている。

転移を二度に分け、さらに転移先から次の転移先まで徒歩で離れたのは、万が一にも誰かに魔術を辿られないためだ。

転移魔術のような大きな魔術は、それだけ魔力の残滓《ざんし》が残り、追跡されやすい。

二度目の転移先の森で、スルイドがライトとエシルに目くらましの術をかけてくれた。

「エシルは獣人に、ライト殿はエルフにしましょう。グウィンフィードは、人族のほうが珍しいですから」

エシルは黒い獅子《しし》の頭をした獣人の子になり、ライトは赤毛のエルフに変わった。グウィンとスルイドもめいめい自分に魔術をかけ、グウィンは真っ黒い獅子の頭を持つ獣人、スルイドは赤毛で彫りが深い顔立ちのエルフだ。

エシルとグウィンは親子で、ライトとスルイドが兄弟という設定らしい。姿を変えた後、徒歩で森を抜けた。

転移魔術は瞬時に遠方へ飛べるが、徒歩での移動時間も長く、途中で休憩もしたので、目的の街に辿り着いた時にはすっかり夜になっていた。

さらに街から王都まで、馬車でも一日かかるそうだ。

二度目の転移を終えてすぐ、グウィンが魔術で王宮へ連絡を送った。街まで、護衛の兵士たちに迎えに来てもらうことになっている。

それまではいずれかの宿に留まり、身を隠していなければならない。

北部では一番大きな街で、いくつも宿があり、夜でも人の往来があるほど栄えていた。

スルイドが街を回り、よさそうな宿を見つけてきて、四人で一つの部屋に泊まった。

獣人の親子と赤毛のエルフの兄弟が道中で知り合い、旅を共にしているという設定をスルイドが即席で作り、宿屋に伝えていたらしい。

宿代を浮かせるため、相部屋も特に珍しくないようで、奇異な目を向けられることはなかった。

宿に着いてすぐ、宿屋一階の食堂で遅い夕食を食べた。

酒場も兼ねているようで、宿泊客から常連らしい客まで、賑わっている。子連れはライトたちだけだった。珍しいのか、たまに酔客に声をかけられる。

エシルは外の世界に慣れていないせいもあって、そのたびにビクッとしていた。グウィンが優しく肩を撫で、大丈夫だとなだめる。見かけはどちらも獅子の獣人なので、そうしていると本当の親子のように見えた。

「死体は街道沿いに捨てられてたんだってさ。一人は首をちょん切られて」

「近頃は、王都の周辺も物騒だね」

食事を食べ終え、部屋に戻ろうとしていた時だった。近くの席からそんな会話が聞こえてきた。それだけならば、ただの猟奇的な事件だと気に止めなかった。

「殺されたのはどうやら、人族らしい。それも風体からして魔術師だって」

人族と、魔術師。その単語が引っかかって、ライトはグウィンをちらりと窺った。

グウィンフィードの周辺では、エルフや獣人に比べて人族が少ないのだと、スルイドが言っていた。確かにこの街に来てからも、人族は滅多に見かけない。

なのにその人族の、さらに魔術師が殺された。偶然かもしれないが、嫌な符号だった。

グウィンは、うとうとしかけているエシルをあやしながら、ライトに向かって軽く瞬きをしてから目を伏せた。

その態度から、何となく反応しないほうがいいのだと判断し、素知らぬふりをする。すると、隣にいたスルイドが動いた。

「誰が首を切られたって？」

ひょい、と気さくな仕草で、話をしていた客の間に首を突っ込む。普段の礼儀正しい彼らしからぬ、馴れ馴れしくも人懐っこい仕草だった。

諜報活動に慣れているからだろうか。外見だけでなく、所作もまるで別人だ。

スルイドに声をかけられた客たちは、やはり気安い態度で「人族だってよ」と応じる。

「それも二人」

「人族が二人？　この街じゃあ珍しいな」

「いや、街中じゃなくて、ここから王都に向かう途中だってさ。俺も詳しいことは知らんけど」

魔術師っぽい風体だってよ、と先ほどの会話を繰り返す。スルイドは「えーっ」と大げさに驚いてみせた。

「ますます珍しいな。首を切られたなんて、気色悪いな」

気色悪いと言いながら、楽しそうな声を出している。相手も興に乗って、

「一人は首を切られて、もう一人は腹の臓物から目玉から、抜き取られてたってよ」

「頭がおかしいやつの仕業だな。殺されたのは若い女だろう」

「残念ながら、どっちも男だ」

「うぇえ」

グウィンがライトに、「出よう」と小さく囁いた。すっかり眠ってしまったエシルを抱き上げ、金を払って席を立つ。ライトもそれに続いた。

食堂を出る前に振り返ると、スルイドはまだ、客と話をしていた。


部屋に上がり、エシルをベッドに寝かせていると、やがてスルイドが戻ってきた。

「あれ以上の詳しいことは、聞けませんでした」

死体は王都の治安兵に引き取られたらしいが、その後のことはわからないという。死体が発見されたのは、つい昨日のことだ。

「ラガスク王と関係があるのかな」

「人族の魔術師。それも二人。偶然にしては、時期が合いすぎますね」

「内臓を抜き取られていたというのもな。魔力は臓腑《ぞうふ》に宿る。殺された光の御子と同様、魔術のために使われたのかもしれない」

ラガスクから姿を消した、ラガスク王と光の御子、それに数名の魔術師たち。

彼らは転移魔術でグウィンフィードの王都近くまで来ている、と考えておいたほうがいい。

死んだのは老人と中年男だというから、高校生ではないだろう。ならば、被害者は魔術師ということか。

「身体の部位によっては、動力源ではなく呪術の道具として使われることがあります。まっとうな魔術師は決してやらない、呪詛《じゅそ》のたぐいですが」

スルイドが言い、エルフの姿で顔をしかめた。

「特に目は、邪眼や千里眼といって、隠された物、失《う》せ物を探すのに使われることがありました」

「俺たちを探すのに、使われてる可能性があるってことか」

探しているのはエシルか、グウィンか。ラガスク王の狙いがわからない。光の御子、高校生たちは無事なのだろうか。

「狂王がかかわっているとはまだ断言できないが、警戒は必要だろう。迎えが来るまで、目くらましの術は解くな」

グウィンは言い、グウィンとスルイドとで部屋の出入り口と窓に結界を張った。賊の侵入を完璧に防げるものではないが、バリケード程度の役割がある上、侵入者があれば知らせてくれる。

さらに大人三人が交代で不寝番に当たったが、翌日、迎えが来るまで平穏が続いた。

護衛の兵たちは皆、商人とその護衛に扮《ふん》して現れた。グウィンたちには商家の馬車が用意され、その後ろに兵士たちが乗った物流用の荷馬車が続き、護衛の傭兵《ようへい》に扮した兵士たちが馬車を取り囲む。

がっちりと前後左右を守られると、少しホッとした。王都までまだ気は抜けないが、馬車の旅なので比較的楽だ。

馬車に乗り込むと、四人はようやく魔術での変化《へんげ》を解き、本来の姿に戻った。

「エシル。一日馬車に乗るのは辛いだろうけど、もう少しだから。頑張ろうな」

ライトが声をかけると、エシルは気丈に微笑んでうなずいた。王都に近づくにつれ、エシルの表情は硬くなっていくが、決して弱音を吐くことはない。

その健気さに感心すると共に、不憫《ふびん》にも感じた。

グウィンやスルイドも同じ思いだったのだろう。馬車の外に意識をやりつつも、エシルを和ませようと、大人たちは楽しい話題を振ったり、しりとりゲームをしたりして道中を過ごした。

王都へ伸びる街道はもともと綺麗に舗装されていて、馬車もそれほど揺れることはなかった。道を進むにつれ、道幅は次第に広くなっていく。ライトがいた日本の大通りの二、三倍はあって、その規模に圧倒された。

「今まで旅してきた中で、こんな大きな道は見たことなかったな」

「僕も」

馬車の窓から、ライトとエシルはすっかりお上りさん気分で通りを眺めていた。

「グウィンフィードの王都は、西方一の都市ですからね」

スルイドが言う。その礎を築いたのは、ここにいるグウィンなのだ。壮大すぎてピンとこないが。

何度か休憩を挟んで進み、日が傾く頃になると、道の地平線に巨大な城壁が見え始めた。

「わ、でか」

「王都だ。グウィン様、あれが王都でしょ」

「ああ、そうだ。エシル、窓から顔を出さないように気をつけなさい」

この頃から、人や馬の往来もぐんと増えていた。人が増えるのを見越してか、道端には水売りや果物売り、物乞いをしている者もいた。

馬車も人も多いので、自然に進むスピードが遅くなる。

「あの城壁を越えるのに、出入り口で渋滞するんじゃないのかな」

のろのろと馬車が速度を落としていくのに、ふとライトは不安になって口にした。今からこれでは、中に入るのにどれだけ時間がかかることやら。

「ああ。夕方は毎日、城門を越えるための列ができる。ただ我々は特別に、別の門から入ることになっている。途中で脇道に逸れるから、長く待たされることはない」

グウィンは先々代の国王だけあって、さすがに詳しい。

王都の城門はいくつかあるが、一般の人々が出入りする門の他に、王族のためや特別な場合にしか開閉しない門があり、今回はそれを利用するのだそうだ。

それでも、巨大な城壁が近づいてくると、さらに往来は増えて、馬車の進みはますます遅くなった。

徒歩と変わらぬ速度で、ゆっくりと進んで行く。街道沿いで商いをする人も多くなった。

「エシル、そろそろ窓から離れていなさい」

馬車の周りには相変わらず、護衛がみっちりと囲んでいる。それでもグウィンは警戒して、馬車の窓に張りつくエシルを離そうとした。

しぶしぶ言うとおりにしたエシルは、最後にちらりと窓の外を見て「あっ」と声を上げた。

「ねえ。あそこにいる人、寝ちゃってる。具合が悪いのかなあ」

前方を指さす。グウィンはエシルを抱き上げ、外から隠すように腕の中に抱き込んだ。

「浮浪者かもしれん。行き場を失って、路上で寝起きする者もいるのだ。そういう人々の行く道を作ってやりたいが、なかなかうまくいかん。さあ、こちらにおいで」

このあたりはライトが旅した他の地域に比べて、ずっと活気があるし、浮浪者の数も少ないが、それでも困窮者をなくすことは難しいのだろう。

自分もグウィンに助けられる前は、そうした境遇だった。

そのことを思い出し、ライトはふと窓の外を見た。エシルが指さしたあたりを見ると、確かにボロを纏った人が横たわっていた。

物乞いは他にもいたが、寝転がっている者は少なかった。周りの物売りが避けるように距離を取っている。

ハエがたくさんたかっていて、もしや死んでいるのだろうかとライトが考えた時、それはむくりと起き上がった。

浮浪者は女だった。頭から被っていたボロボロの外套《がいとう》から、顔が覗いた。

痩せこけた、若い女だ。

外套と同じようなボロ布に覆われた荷物を大事そうに抱え、目の前を通り過ぎるライトたちの馬車をじっと凝視している。

ハエが女の周りをワーンと音を立てて飛び回り、強い腐臭が鼻先をかすめて、思わず顔をしかめた。

窓の外の女はライトを見ているようで、遠くを見つめていた。そんな女が口を開く。

……見つけた。

声は聞こえなかったが、そう言ったような気がした。女の外套の合わせから、身に着けた衣服が見えた。

「え……」

「どうした、ライト」

ぎくりと固まったライトに気づき、グウィンが声を上げる。スルイドも身構えたが、咄嗟に言葉が出なかった。

その間も馬車は少しずつ進み、女が遠ざかっていく。女は、じっとこちらを見つめていた。

「女だ。あれ、制服……」

濃紺のブレザースカート。この世界であれを見たのは一度だけ。召喚の儀で、高校生たちと共に連れて来られた時だ。

「高校生だ。光の御子がいる」

あまりにも面差しが変わっていて、すぐにはわからなかった。だがあれは、ライトと一緒に連れて来られた高校生だ。

「敵襲！　街道沿いにいる浮浪者の女を捕らえよ！」

グウィンは即座に窓から顔を出し、周囲の護衛に向かって声を上げた。スルイドが、グウィンの膝にいるエシルを庇うようにして覆いかぶさる。

「念のため、体勢を低くしておけ」

グウィンの忠告を耳にした直後、どん、と花火が打ち上がるような音を聞いた。同時に、身を震わせるような衝撃が走る。

「伏せろ！」

グウィンの叫びに、ライトは頭を覆ってその場にうずくまった。

馬のいななきと共に、馬車がぐらりと傾いて、身体が一瞬、宙に浮いた。


次に聞こえたのは悲鳴と怒号だった。それからまた、激しい爆音と衝撃。

その声や音から、馬車の外にいる人々が逃げ惑っている様子は窺えたが、いったい何が起こったのかはわからなかった。

ライトたちの乗っている馬車は、衝撃と馬が暴れたせいで横転したようだ。

軽くあちこちを打ったものの、馬車が頑丈だったので外に投げ出されることもなかった。

エシルはグウィンに抱きしめられて無事だったし、大人たちも特に怪我はなさそうだ。

悲鳴に交じって、外から若い女の叫ぶ声が聞こえた。

「グウィンっ。ねえグウィン、いるんでしょ！　助けてよ！」

ライトの上で、グウィンがはっと息を呑んだ。

「出て来てよ。うちらのこと、助けてくれるって言ったじゃん！」

グウィンが素早く身を起こすのを見て、ライトは咄嗟に服を摑んだ。グウィンは「大丈夫だ」と微笑む。

「私が目的らしい。出なければ。お前たちは彼女の注意が私に向いてから、馬車を出ろ。馬車の結界はまだ機能している。車の陰に隠れているんだ。スルイド、二人を頼む」

グウィンがライトとエシルの頭を軽く撫で、馬車を降りて行く。

エシルが「グウィン様……」と追いかけようとして、ぐっととどまった。幼い子のそんな姿を見ていたら、ライトも動揺できない。

グウィンが馬車を降りると、後方で女の「グウィン！」と歓喜に叫ぶ声が聞こえた。女の意識がグウィンに向いたのを確認し、スルイドがライトとエシルに馬車を降りるよう促した。

スルイドがまず外に出て、エシルを助け出す。ライトが最後に外に出た。周囲の光景を見た途端、ぐっと喉から呻きが漏れた。

（ひどい）

人や馬が倒れ、血を流していた。何かが爆《は》ぜたように身体の一部を失っている者もいる。

街道の反対端を走っていた馬車は、馬車の半分がなくなっており、周りに赤いものが飛び散っていた。

「魔術です。連続して破裂音がしていましたから、手順の短い術式でしょう。術が簡素な分、威力は弱いはずですが、魔力が強いのか」

スルイドが言う。三人は倒れた馬車の陰に隠れ、護衛兵たちが倒れた馬車の周りを守り、襲撃に備えていた。

その間にもグウィンは、女のほうへ近づいていく。女もまた、グウィンに近づいていた。

ライトは心配になって、馬車の陰からそっとグウィンたちを覗いていた。

女は先ほどすれ違った時と同じく、何か大きな荷物を大事そうに抱えている。今は巻いていたボロ布が取り払われ、鉄でできた鳥かごが剝き出しになっていた。

「光の御子だな。ここまで私を探して来たのか」

「そうだよ。会いたかった。グウィンがお城の魔術師辞めちゃうからさ。こんなとこまで来たんだよ。苦労したんだからね」

女は嬉しそうに、はしゃいだように、一気にまくし立てる。痩せこけた顔とギラギラした瞳に、声音だけが不釣り合いなほど明るい。

「すまない。ラガスク王の意に添わぬことをしたのでな」

「やっぱり？　クビになるかもって言ってたもんね。……このっ、クソジジイがさあ！」

女が突然形相を変え、ガツガツと鳥かごを叩いた。鳥かごの中から複数の悲鳴が上がる。

それらが人間の声に聞こえて、ライトはゾクリと背筋が寒くなった。

「……お前が手にしているのは、ラガスク王の首か」

グウィンの冷静な声が響く。「そうだよ」と、やはり明るい声で女は応えた。

「城の魔法使いがいたでしょ。こいつ。こっちの大きいほうに作ってもらったの」

ほら、と掲げた鳥かごの中に、大小の塊が二つ、ぶら下がっていた。

大きいほうは生首だと、離れた場所でもすぐにわかる。

小さいほうはテニスボールくらいの塊だった。ライトのいる位置からは、目を凝らして
ようやく、人形の頭のようなものが見えた。

「あれらは、呪詛ですね」

同じく馬車の陰から顔を覗かせていたスルイドが、ぼそりと呟いた。

「首だけにして、生かしたまま使役するんです。労働はできませんが、魔術を使ったり、
首が持っている知恵を使役者に授けることができる」

ラガスク王を、彼女が使役しているというのだろうか。

「小さいほうは干し首です。頭蓋骨を取り去って持ち運びやすくしている。もう一つは
……まだ、新しいようだ」

驚いたのは、それらが生きていたことだ。女が喋る間にも、二つの首は悲鳴交じりの惨
めな声で、しきりに何かを訴えていた。

「助け……て」

「痛……痛いぃ……」

「うっせーよ、黙ってろ」

女がかごを揺らすと、おもちゃみたいに塊が打ちつけられる。そのたびに、首は「痛イ」「ヤメテ」と悲鳴を上げた。

「やめて～だって。まじウケるんですけど」

ぎゃはは、と女は笑った。ガシャガシャとやたらにかごを振り回し、首が悲鳴を上げるのを聞いて喜んでいる。

エシルがひくっと嗚咽を飲み込み、耳を塞いだ。ライトはエシルの頭を抱き込んで、できるだけ声が聞こえないようにした。

「こっちの大きいのは、あたしが作ったの。作り方こいつに教わったから。面倒だから、ちょん切っただけだけどね。ちゃんと頭蓋骨取り出せばよかった。人の頭ってさあ、すごく重いんだね」

「その呪詛……首を渡してくれ。私を探し出したのだ。もう必要ないだろう?」

「やだよ」

女はグウィンから隠すように鳥かごを抱えた。

「ねえ、グウィン。あたしのこと怒ってる? うちら、グウィンが助けてあげる、一緒に行こうって言ったのに、ぜんぜん信じてなかった。すごく失礼なこと言ったよね。でも、グウィンの言ったことが本当だった。あんたにひどい態度を取ったから、バチが当たったんだ」

グウィンはライトを探しに城を出る前、光の御子である高校生たちにも、手を差し伸べていたらしい。

でも彼女の口ぶりでは、高校生たちはグウィンよりラガスク王を信じたのだ。

けれど、だからといって彼女たちを責められるだろうか。

「私は何も怒っていないし、お前が辛い目に遭ったのはお前のせいではない。すべてはラガスク王の咎だ」

さらに一歩、グウィンは前に出る。その時、護衛兵の一人が、グウィンを助けようとその隣に出た。

「近づくな！」

女は途端に険しい顔をして、鳥かごをかざした。かごの中の大きいほうの生首が、古エルフ語を紡ぐ。短い詠唱だった。

「よせ」

グウィンが制止する間もなく、護衛兵の頭が弾けた。ライトたちの周りにいた護衛兵がざわめく。

「誰も彼女に近づいてはならん」

　グウィンが背後の護衛兵たちに厳しい声を上げた。

　スルイドがライトの隣で「やはり、詠唱がすごく短いですね」とつぶやいた。

「しかも、魔術を使っているのはあの女人ではなく、かごの、大きいほうの首です。あれは魔術師でしょう。なかなかつけ入る隙がありません。あの首を、どうにかできればいいのですが」

　グウィンが女を制圧する間に、周りを攻撃されるかもしれない。

「ねえグウィン。あの時、助けてくれるって言ったよね。助けてよ」

「ああ、もちろんだ。私の身体が空いたらすぐ、お前たちを助けにラガスクに戻ろうと思っていた」

　グウィンは静かに会話を続けている。その間にも、頭の中ではこの場を切り抜けるすべを考えているのだろう。

「本当？　なら、あたしを元の世界に帰して。もうこんな世界にいたくない。すぐ帰れるように、制服着てきたんだ」

　ぐっと、グウィンが拳を握り込んだ。ライトたちに背中を向けているので表情は見えないが、きっと苦しく悲しそうな顔をしているはずだ。ライトも胸が苦しくなった。

「……以前、説明したとおりだ。元の世界に帰す方法はない」

「嘘！」

女は決めつけるように叫んだ。

「城の魔法使いが、グウィンなら方法を知ってるって言ってたもん。だからあんたを探したのに。ねえ、帰してよ。魔力がいっぱい必要だっていうから、いっぱい集めたんだ」

女がボロボロの外套をめくると、そこから大量のハエが飛び立った。外套の下に、赤黒いものがぶら下がっている。

「ウッ……」

ライトは思わず顔をしかめ、エシルを抱き込んだ。

スルイドに聞かなくても、もうわかった。臓物だ。人族が殺されて、臓物を抜かれていたと、居酒屋の客が言っていた。魔術の動力にするために、彼女が抜き出したのだ。

想像して胸が悪くなる。けれど同時に、悲しみも押し寄せてきた。

もう一人の高校生はどうなったのだろう。いずれにせよ彼女は、たった一人で決断し、行動しなければならなかった。

誰も味方のいない、苛烈な異郷の地で。

「スルイド。魔術であの鳥かごをフッ飛ばしたら、彼女を制圧できないかな」

ライトは隣に囁いた。このままでは、グウィンも危ない。スルイドも当然、その方法は考えていたようだ。

「ライト殿、やってみますか」

「俺が？」

「旅に出る前に、何度か実践したでしょう。あの水準ならばいけます」

スルイドのほうが正確だ。失敗したら、犠牲が出るかもしれないのだ。

「あの二つの生首が、どんな使役命令を受けているかわかりません。ただ手から離すだけでは不十分でしょう。あなたが攻撃し、隙をつく。私があそこまで走って行って彼女を制圧します。私が出れば、グウィン様はすぐに気づかれる。魔術で何らかの防御策を講じてくださるはずです」

制圧と防御を同時に行えれば、彼女の攻撃にも対処できるというのだ。

逆に、スルイドが一人ですべてこれをやったのでは、動きが遅くなる。もしもの時に間に合わない。

「相手に気取られれば終わり。失敗はできません。それでもできますか」

グウィンに似た、静謐《せいひつ》な眼差しが問いかける。では他に、方法があるのか。考えても思いつかなかった。

失敗したら死者が出る。それが自分ならまだいい。犠牲者はグウィンかもしれないし、スルイドかもしれないのだ。

だが、彼女をこのまま放っておけば、無差別に犠牲者を増やす可能性がある。

そして、ライトができないと言ったら、スルイドは自分の身を危険に侵してでも隙を突

こうとするだろう。グウィンもそうだ。みんなを守るために、きっと我が身を挺《てい》する。

「やらせてくれ。失敗はしない」

隠れ家で何度も練習した。落ち着いてやればできる。それだけの魔術が自分には備わっている。グウィンやポルフォルにスルイド、それにエシルが教えてくれた。

「わかりました。やりましょう」

「ライト」

エシルが、今にも泣きそうな顔でライトを見上げる。

「頼む、エシル。手を握っていてくれ」

ライトが言うと、エシルはぎゅっと唇を引き結んでうなずいた。ライトの手を、小さな手が握りしめる。スルイドが、ぽんとライトの肩を叩いた。

「始めてください。私は詠唱の終了と同時に出ます」

ライトはうなずいて、古エルフ語の詠唱を始めた。鳥かごを持つ女の手を凝視する。

最後の語句を口にした瞬間、スルイドが飛び出し、次の呼吸の合間にパン、という破裂音と、女の悲鳴が響く。

鳥かごがはじけ飛んだ。女の手が青い炎に包まれ燃え盛る。その時にはもう、スルイドは女のいる地点まで到達していた。

スルイドが押さえつけるのに、女は必死で抵抗した。

「何すんだよぉ！」

女は、かごの生首に魔術を使わせたらしい。再び破裂音がしたが、今度は鉄の鳥かごが揺れただけだった。

グウィンがすでに術式を詠唱し、封印を施していたのだ。

街道の硬い石畳に落ちた鳥かごを、グウィンが取り上げた。女が「返せ！」とわめく。

けれどもう、何も起こらない。鳥かごの中の首たちは声を上げて暴れ回っていたが、グウィンの封印によるものだろう、声は外には漏れてこなかった。

「終わった。もうみんな、出て来ていい」

グウィンの声に、護衛兵たちが出て女を縄で捕縛する。一人がグウィンの手から鳥かごを受け取ったが、その間も中の生首は聞こえない声で叫んでいた。

あの首は、あのままいつまで生き続けるのだろう。

ライトもエシルを抱き上げ、おずおずと馬車の陰から出た。

「なんで……なんでよ。助けてくれるって言ったじゃん」

呪具を取り上げられて力を失った女は、ただ泣いていた。痩せこけた彼女の元の顔を、ライトはどうしても思い出すことができなかった。

「お前を助ける。だが、元の世界に帰すことはできない。この世界に馴染み、生きていくのだ。その手助けをする」

「やだ……やだ。帰りたい。帰りたいよお」

泣きじゃくる声を聞き、エシルは思わず、というようにライトにしがみついた。ライトもエシルを抱きしめる。

スルイドも、そしてグウィンも、痛ましげに女を見下ろしていた。

「こんなとこやだ。やだよ。なんで？　なんであたしだけ、こんな目に遭うの？　何も悪いことしてないのに。うちに帰してよぉ」

「帰れないんだ」

思わず、ライトは声を出していた。目の前の彼女に、かつての自分の姿が重なった。

「二度と帰れない。でも、生きていかなきゃいけない」

突然現れたライトを、女はぽかんとした顔で見ていた。やがて、誰なのかわかったらしい。

あ、と大きく口を開いた。

「あんた、生きてたの」

死んだと思った、とつぶやく。その表情が、ひどく幼く見えた。実際、幼いのだ。

「グウィンに助けてもらった。最初はひどい目に遭ったけど、この世界もそう、悪いもんじゃないよ」

幸せだと思う。でもそれは、彼女には言えなかった。

「ゆっくりでいい。少しずつ、生きる道を探すんだ」

グウィンが優しく語りかける。彼女はライトのように、自分の道を探せるだろうか。幸せになれるのだろうか。

大勢の人を傷つけ殺した彼女は。

それでもライトは、願わずにはいられなかった。王都から別の兵士たちが増援にやって来て、彼女が連行されていくのを見送りながら、いつか彼女が安らかに暮らせることを祈っていた。

「それで、その女の人はどうなっちゃったの」

狐の耳をぷるぷる震わせながら、アルが問いかける。ディーも、タヌさんをぎゅっと握りしめた。

それを見て、話さなければよかったなと、ライトは後悔する。あちこちはしょり、残酷な部分はぼかしたけれど、ちょっと小さい子供には刺激が強すぎたかもしれない。

「今はまだ、牢屋にいるらしい。この……王宮のどこかに」

グウィンに聞かされたとおりに答えると、二人は「えーっ」と非難めいた声を上げた。

「かわいそうだよ。女の人、無理やりこの世界に連れて来られたんでしょ？　ライトみたいに」

「ごめんなさいしたら、だめなの？　ひどいことした人たちに、いっぱいごめんなさいって謝ったら、許してもらえないかなあ」

　彼女が傷つけた人は死んでしまったから、謝っても許してもらうことはできないのだ。でもそれを伝えることはできなくて、ライトはアルとディーの頭をくしゃくしゃ撫でた。

「どうだろうな。すごくひどいことしたから、すぐには許してもらえないかもしれない。でも、グウィンがこの国の王様にかけ合ってくれてるんだ。だからいつかは、牢屋から出られる日が来るかもしれない」

　言ってはみたものの、子供たちはずーんと落ち込んでしまった。

ライトがこの世界に来た顛末《てんまつ》から話が始まり、光の御子はどうなったのかと聞かれるまま、あの王都に向かう途中での出来事まで話した。

　ライトと一緒に召喚された高校生たちは、あの少女以外みんな死んでしまったこと、少女も牢に入れられた……というのは、小さな子供には重すぎる結末だった。

　どうしたものかとライトが考えあぐねていた時、部屋の扉がノックされ、ポルフォルが入って来た。

「ライト、子供たち。お茶の時間に……わ、どうしたんです」

子供たちはポルフォルを見るなり、ダッと走っていって彼の足にしがみついた。甘えるように、ぐりぐりと太ももに額を押しつけている。

もう怪我は治ったとはいえ、先日ようやく松葉づえが取れたばかりなので、ライトはハラハラしてしまう。

「例の光の御子のことを話してて……」

事の顛末を聞いて、子供たちが落ち込んでしまったのだと言うと、ポルフォルは少し悲しそうに微笑んだ。けれど次には二人を抱き上げ、にっこり明るい笑顔を浮かべてみせる。

「さあさあ、子供たち。お茶を飲みに行きますよ。エシルも戻ってるんですから」

エシルと聞いた途端、アルとディーはたちまち元気になった。

「エシル！」

「エシル、どこ！」

「ちょ、落ち着い……ぶほっ」

ポルフォルの腕からにじり下り、止めようとしたポルフォルはディーの頭に顎をぶつけてうめいていた。

「大丈夫か？」

「なんのこれしき。一人で二人を見ていた時を思えば」

隠れ家で留守番していた時は、やはり大変だったらしい。どうもアルとディーは、ポルフォルに甘えて、彼の興味を引くために余計に暴れている節がある。

ポルフォルもそれがわかっているから、強く怒りきれないのだろう。

「ねえねえ、早く」

「エシルに会いたい！」

「はいはい。行きましょう。走っちゃだめですよ」

ポルフォルに目配せされて、ライトは近くにいたアルの手を取った。ポルフォルはディーの手を引き、二人で客室を出る。

長い大理石の廊下が伸びていて、最初のうちは豪奢《ごうしゃ》な宮殿に気後れしたけれど、今はもう慣れた。

この離宮は、かつてグウィンが王を退位してしばらく住んでいた場所だ。本宮よりは簡素だと言うのだが、それでも庶民のライトからすれば、博物館かよ、と突っ込みたくなるほど立派な宮殿だった。

王都に到着して、四か月が経っている。長居の理由は、『宵草の国』との交渉の後、さまざまな契約や儀式があったからだ。

『宵草の国』の交渉は、無事に終わった。交渉の会議は一週間にも及んだが、最後はグウィンが最初に出した提案がすべて通った。

つまり、エシルは藩主になることなく、これ以上追われることもなく、自由の身になったのだ。

ただ、交渉が成立した後も、それですぐに終わりというわけにはいかなかった。

血統派の動きを止めるまでは、エシルの身が危ういのは変わらないし、交渉を口約束で終わらせないために契約も結ばなくてはならない。

グウィンフィード国王が、現藩主を正式に藩主と認めること。それから前藩主派への補償も必要だ。

さらに、エシルとその家族、つまりアルとディーを害することがないよう、現藩主にも前藩主派にも契約させる。

この契約とは、魔術によって制約を受けるものだ。締結後、契約者たちの意志では覆すことができない。言うなれば呪縛だった。

それなりの儀式と魔術師が必要になり、準備のための時間もかかる。

そうしたもろもろの処理が終わるまでに、四か月がかかったというわけだ。

その間、ずっと隠れ家を留守にしているのも、ポルフォルが大変である。そこでスルイドが単身迎えに行き、子供二人と、まだ怪我の治りきっていないポルフォルをいったん、王都へと連れて来たのだった。

途中で鶏を売らなければならなかったし、子供と怪我人を連れての旅だ。

エシルを連れて王都に来た時とは違い、人目を避けて迂回《うかい》する必要がなかったぶん、転移魔術の距離は短かったが、やはり大変だったらしい。

それでもどうにか、王都に隠れ家のメンバー全員が揃ったのが先月のことだった。

国王の厚意で、一行のために離宮を開放してもらい、そこに住んでいる。

とはいえ、グウィンとエシルは契約やその後の処理のため、本宮にいることが多く、スルイドも補佐のために彼らについている。

ライトはポルフォルの療養を手伝いつつ、アルとディーの子守りをしていた。

離宮の暮らしは使用人もいて、上げ膳据え膳の優雅な生活だ。ベッドはふかふかだし、庭も綺麗だ。離宮の小さな図書館があって、自由に本を読むこともできる。

何の不自由もないのだけど、ライトには隠れ家の暮らしが懐かしかった。あそこにいたのは短い間だったのに、無性に恋しい。

それはアルとディー、それにエシルも同じだったようだ。下のチビ二人は、こちらに来た当初ははしゃいでいたが、一週間も経たないうちに、「いつ帰るの？」と言い出した。

エシルはそんな弟分をなだめつつ、「僕も早く帰りたい」とぼやいていた。

ポルフォルまでもが、「お楽しみ会、またしたいですねえ」などと言い、スルイドは近頃、ライトの顔を見るたびに「うどんが食べたいです」とぼやく。慣れない王宮の暮らしが、彼らに郷愁を思い起こさせるらしい。

グウィンだけが泰然としていた。でも、彼もまた、あの森の隠れ家を恋しく思っていることはわかっている。

「エシル！」

「エシル、お帰りなさい！」

庭に面した日当たりのよい居室へ赴くと、そこにはエシルとスルイド、それにグウィンの姿があった。

彼らは三日前から本宮に行き、最後の契約締結の儀式を行っていた。

そんな三人が帰って来た。ということは、すべてが終わったということだった。

「二人とも、いい子にしてた？　ライトとポルフォルを困らせてない？」

近頃、ますますお兄ちゃんらしくなったエシルが、きゃあきゃあと飛びつく二人を抱き止めながら言う。

「ない！」

「いい子にしてた！」

それが真実かどうかは甚だ怪しいところだが、エシルが戻って来たのが嬉しくてたまらないらしい。

みんなでテーブルを囲んでお茶の時間になった。全員が揃うのも久々で、ライトも嬉しい。

「これで、すべての手続きが終了した。いつでも帰れる」

しかもその日、グウィンが宣言をしたので、その場が歓喜に包まれた。

「ほんと？　もうエシル、どこにも行かない？」

「ずっと一緒にいられる？」

「ああ。お前たちが大きくなって、別の場所に行きたいと願わない限りはな」

グウィンが言う。アルとディーは、「行きたくない！」「ずっとエシルといる！」と、騒がしい。エシルとグウィンは顔を見合わせ、ふふっとくすぐったそうに笑い合っていた。

お茶の時間が終わっても、子供三人ははしゃぎっぱなしで、ライトから子守りを交替したスルイドは、夕方にはもうげっそりしていた。

夜もみんなで食事を摂り、子供たちは大人に抱きかかえられて寝室に運ばれた。

嵐が去った後、大人たちは酒を飲みながら少し話をした。森への帰還をいつにするか、というようなことだ。

「森に戻られる前に、ライトと子供たちを連れて、王都を観光するのはどうでしょう」

最初に、ポルフォルが素晴らしい提案をしてくれた。

ライトは王都に来てから、ほとんど外に出ていなかった。アルとディーが王都に到着した時、子供三人とライト、それに護衛とで王都を回ったことがある。目新しくて楽しかったから、もう一度ゆっくり観光できたらいいなと考えていた。

森には、今すぐ帰らなくてはいけないわけではない。それまでにみんなで何度か観光しよう、ということになった。

「ポルフォルはまだ療養が必要だろう。このまま王都に残るか？」

「いえ。グウィン様がお帰りの際は、ぜひお供させてください。王都に残っても、どうせ仮住まいですし」

「私もぜひ。次の任務に出る前に、長めの休暇を取ろうと思います」

ポルフォルの答えを聞いて、スルイドも口を開く。

ポルフォルは怪我が癒えたとはいえ、まだ次の任務に就くには体力が回復していない。それに今回の任務、ラガスク王の野望と『宵草の国』の問題は長期で困難なものだった。次の任務にかかるまえに、骨休めをしたいと思うのは当然のことだ。

「子供たちも喜ぶだろうな。俺も嬉しい」

ライトは今から、子供みたいにわくわくした。これからはもう、先の見えない未来に不安を覚えることもなく、あの森の家で暮らせるのだ。

ポルフォルとスルイド、子供たちと、それからグウィンと共に。

「メウドゥーイたちは、定住先を持たない者が多いですよね。ポルフォル様も私もそうですし。でもたまに、ゆっくり帰れる家があったらいいなと思うことがあります。そう考えると、グウィン様の言う定宿というのは、メウドゥーイたちにとってもありがたいものでしょう」

「私の案ではない。ライトが先に思いついたのだ」

二人のメウドゥーイがライトを見て、ほう、という顔をしたので、慌てた。

「いや、何も考えずに口にしたんだ。子供たちと暮らしたいけど、でもグウィンとも一緒にいたくて。グウィンはこの先も各地を旅すると思ってたから」

「ふむ、なるほど。慕わしい方が訪れるように、との考えだったのですね」

スルイドが言い、ポルフォルも「愛ですね」と首肯する。自分で言ったことながら、ライトは恥ずかしくなった。

グウィンとライトの関係は、二人の知るところとなった。『宵草の国』の交渉が成立した直後、グウィンが公言したからである。

いわく、この任務を最後にグウィンはメウドゥーイを引退する。ライトを生涯の伴侶とし、今後は隠居先で二人、子供たちを育てることにする。

グウィンフィード国王にも宣言し、ライトはグウィンの公然の恋人となった。

メウドゥーイはもともと、誰かに行動を強制されることはない。

だがグウィンはメウドゥーイの創始者で、グウィンフィードの建国王でもある。それが隠居し、人間の恋人と子供を育てるというニュースは、なかなかに衝撃的だったようだ。

それはそうだろう。おかげでライトはグウィンと共に、国王陛下やメウドゥーイたちの私的な集まりに何度か呼ばれる羽目になった。

グウィンのメウドゥーイの引退祝いと、恋人であるライトのお披露目である。おおむね、みんなが祝福してくれたのは幸いだった。

今では王宮の使用人までもがライトとグウィンの関係を知っていて、そのように扱われている。

グウィンには、子供たちにはまだはっきり伝えないでくれ、と頼んであるのだが、このぶんでは森に帰る前に気づかれてしまいそうだ。

「私の恋人をからかうな。お前たちと違ってまだ、物慣れないのだ」

グウィンが言い、隣にいたライトの肩を抱く。折に触れ、グウィンはこんなふうに、ライトをあからさまに恋人として扱うのだ。

いや、実際に恋人なのだが、誰ともこんなふうにしたことがないから、ライトにとっては恥ずかしい。それが「物慣れない」というところなのだろうか。

「また、自分は慣れてると思って。ポルフォルとスルイドも、なんだよその顔は」

ポルフォルとスルイドは、二人してニヤニヤ笑い、ライトが真っ赤になって睨むと、わざとらしくヒソヒソ噂話《うわさばなし》をしたりする。

「確かに初々しいですな」

「これは、おじいちゃんも張りきっちゃいますねえ」

「誰がおじいちゃんだ」

わりと年齢に敏感なグウィンが、じろっと二人を睨む。

「今夜はお開きにしますか。三日ぶりでどちらも、ソワソワしてらっしゃるようですし」

ぷぷ、とポルフォルが笑いながら言うのが小憎らしい。スルイドも楽しそうで、ライトとグウィンはすっかり二人の酒のつまみになっているようだった。

とはいえ、三日ぶりなのは確かだ。気をきかせてくれたのだろう。部屋で飲み直そうと算段している二人と別れ、グウィンとライトは自分たちの寝室に向かった。

と、思ったのに、グウィンは寝室の前を通り過ぎてさらに廊下を奥へ進む。

「部屋に戻らないのか」

「今日は奥で寝る。おいで」

手招きされ、廊下の奥へ進んで行く。何となくグウィンの意図がわかってしまった。

ライトたちに用意されている寝室は、子供たちの部屋の隣だ。扉で間続きになっている。

反対隣にポルフォルとスルイドの寝室があるのだが、夜中におしっこに行きたいとか、目が覚めたという時はライトのところに来る。

「子供のことは、侍女たちに頼んでおいた。隣にはポルフォルたちもいるから、大丈夫だろう」

「あ、うん」

ちらりといつもの寝室を振り返ったライトの思いを悟ったのだろう、グウィンが先回りするように言う。

うなずいて彼の後ろに続きながら、やっぱり、と顔を火照らせた。

この数か月、グウィンは忙しかった。『宵草の国』の問題だけでなく、ラガスク王国の事後処理にも追われ、ライトたちと一緒にいる時間はほとんどなかった。

夜はできるだけ帰って来てくれて、ライトと眠るけれど、恋人らしい時間を過ごす暇はなかった。

寂しくはあったが、不満はない。グウィンと本当に結ばれるのは、すべてが終わってからでいい。そう思っていたからだ。

グウィンに導かれて入った寝室は、いつもの寝室より広く凝った造りだった。奥にどーんと大きな天蓋付きの寝台が据えられている。

「私が昔、使っていた寝室だ。広いばかりで落ち着かないが、奥まっていて呼ばなければ誰も来ない。初夜を過ごすにはいいだろう」

「初夜」

甘い単語が出てきて、ライトはカチカチに緊張した。グウィンはすぐに気づいて、近づいて来た。

「お前の意志を確認していなかったな。すまない。このところお前のことばかり考え続けて、年甲斐もなく気がはやってしまった」

言って、ライトを優しく抱きしめる。子供にするみたいに優しく背中を撫でられて、うっとりしてしまった。

「まだ気持ちが固まらないのなら、今夜は何もしなくていい。一緒に眠ってくれ」

「いや、したくないわけじゃないよ。俺だって、ずっとあんたのことばかり考えてた。ただ、緊張してるだけ。俺はあんたの言うとおり、慣れてないからさ」

今さら取り繕っても仕方がない。これから初夜と聞いて、期待と不安がないまぜになっているのだと、素直に伝えた。

「ずっと、あんたに抱かれたいと思ってたよ」

ぽつりとつぶやくと、ため息と共に抱擁が強くなった。

「ライト。可愛いな、お前は……本当に私を煽るのがうまい」

グウィンは低い声で言い、ライトの顎を取って口づけた。

「ん、ちょ……」

いきなり、噛みつくような性急なキスを始めたので、ライトは戸惑った。腰を撫でられ、ゾクリとしたので慌てて身を捩る。

「待ってくれよ」

焦るライトに、グウィンはわかっている、というふうに微笑んだ。

「緊張してるんだろう。湯を用意させている。気持ちが十分ほぐれるまで、ゆっくり入っておいで」

ちゅっと音を立ててキスをされ、それはそれで恥ずかしかった。でも、風呂を用意してくれたのはありがたい。

隣の部屋に浴室があるというので、入らせてもらった。

王都では水も燃料も豊富だ。王宮では毎日風呂が焚《た》かれている。夕食の後にも入ったのだが、風呂好きで、何かというとお湯に浸かりたがるライトのために、あらかじめ用意してくれていたのだろう。

お湯には花の香りのする香油まで垂らしてあり、ゆったりと湯船に浸かった。

チビ二人が来てから、こんなにゆっくり風呂に入るのも久しぶりだった。ライトは、今までの出来事に思いを馳せる。

昼間、アルとディーに話した光の御子のことを思い出した。

彼女はグウィンフィードの王都に連行された後、特殊な政治犯や王侯貴族の犯罪者を収容しておくような施設に幽閉されているのだという。

王都近くで大勢の人を殺し、国の要人であるエシルやグウィンを襲った。その事実だけで言えばすぐさま死刑になるところを、グウィンが国王にかけ合って止めさせたのだ。

彼女も、元は被害者だった。ラガスク王に召喚され、利用されていたのだから。

ラガスクで何があって、どうして彼女があんなことをしでかしたのか、その後の取り調べやグウィンとの面会で、次第に明らかになっていった。

四人いた光の御子は、最初のうち、ラガスク王に歓迎され、城内で下にも置かない扱いを受けていた。人々は御子たちにかしずき、なんでも言うことを聞いた。

あなたたちは特別な人間で、この世界の宝なのだと、褒めそやされ崇《あが》められた。

高校生四人は、元いた世界ではあまり、幸せを感じていなかったのだという。だからこそなのか、ラガスク国の扱いにすっかり有頂天になり、グウィンが一緒に城を出るよう促しても、誰もついてはこなかった。

状況が一変したのは、グウィンが城を去って間もなくしてからだ。

光の御子が基礎的な魔術も使えないと知り、ラガスク王が激怒した。光の御子たちに魔術を習得させようとしたが、当然、御子たちは反発した。

自分たちは特別で、すごい才能を持っている。ラガスク王の切り札なのだ。自分たちの方が立場は上だという驕《おご》りがあった。

業を煮やした狂王は、御子たちを閉じ込めて強制的に習得させようとする。がらりと扱いは変わり、犯罪者になったかのようだった。

グウィンの言葉が正しかった。逃げよう。

けれど逃亡を試みたもののあっさり捕まり、見せしめに二人が殺された。魔術が使えないなら動力になるのだと、目の前で仲間が殺され、呪詛の道具にされるのを見せられた。

その時、彼女の他にもう一人生き残った御子は、心が壊れてしまったのだ。ある日、自分から王城の堀に身を投げた。

光の御子は一人になってしまった。残された少女は、表向きは従順に魔術を習得するふりをした。裏ではラガスク王の魔術師たちと通じ、時に彼らと身体の関係を持って味方に引き入れた。

魔術師の中でも、狂王に対して不満と不信が募っていたらしい。

ラガスク王お抱えの魔術師は、並みの貴族より権力と富を持っている。けれど日に日に常軌を逸していく雇い主が恐ろしくもあったのだ。

光の御子は、男たちの閨《ねや》の中で情報を集め、何とか元の世界に帰ることを考えていた。

グウィンならば、もしかしたら帰る方法を知っているかもしれない。

魔術師の一人からそんな話を聞き、彼女はグウィンを探すことにした。

彼女はそれと同時に、自分たちをこんな目に遭わせたラガスク王に復讐することも考えていた。魔術師の知恵を借り、グウィンの捜索とラガスク王への復讐、それらを同時に遂行できる方法を思いついたのだ。

それが、彼女の持っていたラガスク王の干し首だった。

王は老いているだけあって、様々なことを知っていた。『宵草の国』の情報、グウィンフィード王国のこと、グウィンがメウドゥーイかもしれないこと。

光の御子は籠絡した魔術師二人を従えて、グウィンが現れるであろうグウィンフィードへ向かうことにした。邪魔な他の魔術師を殺し、転移魔術の動力と、グウィンを探すための邪眼の道具にした。

それから、グウィンフィードの王都の周りでグウィンを探した。

魔術師二人はもともと、用がすんだら殺すつもりだった。でも途中で、ラガスク王と同じように使役すれば、好きでもない彼らと寝る必要はなくなることに気づいたという。首だけにして使役すれば、魔術を使うことができる。女の一人旅は物騒だ。そうした入れ知恵をしたのは、干し首になったラガスク王だったそうだが、真偽は定かではない。

彼女の心はもうとっくに壊れていて、論理的な思考ができないようだった。細かな動機はわからない。けれど一つ確かなことがある。それは、彼女が元の世界に帰りたかったということ。ただそのために、彼女は前へ前へと進み続けた。

干し首になったラガスク王は、今もまだ生きている。

『宵草の国』の血統派と繋がっていた件、それに召喚の儀の件で詮議を受けていて、すっかり取り調べが終わるまで、生かされたままだろう。

きっと苦しいはずだ。早く殺してほしいと願うくらいに。

呪詛の干し首は、誰かに呪いを解いて殺してもらわない限り、首を切り落とされた当時の痛みや苦しみ、恐怖や屈辱までも抱えて生き続けなければならないという。

苦しみを抱えたまま首となって生き続けるのが、ラガスク王に与えられた罰だった。グウィンフィード国王が彼に慈悲をかければ死ぬことができるが、それがいつになるのか、誰にもわからない。

そして生き残った光の御子は、グウィンの計らいによって極刑を免じられ、幽閉された先で療養している。いつか、もしも壊れた心が治ったなら、女性のメウドゥーイに託すつもりだとグウィンが言っていた。

この先どうなるのかわからないが、グウィンはできる限りのことをしてくれた。

彼女のことを考えると、ライトは自分だけこんなふうに幸せになっていいのかと、罪悪感を覚えることがある。

でも、ライトが不幸になったからといって、光の御子が癒えるわけではない。

ここで自分が幸せにならなければ、グウィンの努力が無駄になる。だから、くよくよせずに前を向こうと決めた。

「……よっし」

たっぷりお湯に浸かり、身体の隅々まで石鹸《せっけん》で擦り上げ、ライトはざぱっと勢いよくお湯から上がった。

ようやく愛する人と結ばれるのだ。今はすべて忘れて、グウィンのことだけを考えたい。

寝室に戻ると、グウィンは寝台の縁に座って窓のほうを向いていた。ライトが近づくと振り返り、おいで、と手招きする。

言われたとおりにすると、左手を取られた。何だろうと思っていたら、薬指に指輪をはめられた。

「あ、これ」

メウドゥーイの印章が彫られた指輪だった。新しい手帳は王都に来てすぐ、スルイドが申請して発行されたが、指輪は時間がかかると言われたのだ。

「これでお前も、正式なメウドゥーイだ。まだ見習いだが」

「うん。頑張って修行する。エシルと一緒に」

エシルも森の家で、魔術師になる勉強をするそうだ。将来は、グウィンのようなメウドゥーイになるという夢は変わっていない。

ライトも見習いではなくちゃんとしたメウドゥーイになって、貢献するつもりだ。

森にすむ子供たちは当座のところ、エシルとアルとディーだけだけど、彼らは二十年と経たずに巣立つだろうし、それまでに子供が増えるかもしれない。

世界各地を飛び回るメウドゥーイたちの定宿計画も、同時に進行している。

家に戻って落ち着いたら、建物を増築する予定だ。これから、やることはたくさんある。

「あれ？　でもこれ、ポルフォルやスルイドに見せてもらったものと、少し形が違う」

以前見せてもらった二人の指輪はまったく同じ意匠だったのに、これは少し違う。二人は右手の好きな指につけていたのに、ライトは左手の薬指だ。

不思議に思っていると、グウィンがもう一つ、同じ意匠の指輪を取り出した。

「私と揃いで作らせたんだ。私にはお前がつけてくれ」

「お揃い？」

「ああ。以前にお前から教えてもらった、結婚指輪というやつだ」

一緒に眠る日々の中で、そんなことを伝えた気がする。ライトのいた世界では、婚約指輪や結婚指輪という習慣があるのだと。

「別の指輪をと思ったのだが、お前はいくつも指輪をつける習慣はないだろう」

「そうだけど。メウドゥーイの指輪なのに、勝手に形を変えていいのか？」

これには、構わん、とあっさりした答え。創始者が言うのだからいいのだろう。いいことにしよう。

グウィンに指輪をはめると、何だか本当に結婚式をしている気分になった。

揃いの指輪をはめて、互いにどちらからともなく微笑む。

「ライト、愛している。私の伴侶として、この先も共にいてくれ」

「もちろん。ずっと一緒にいる。愛してるよ、グウィン」

やっと将来を誓えた。ライトはその感動に、自ら恋人の胸に抱きついた。グウィンも強くライトを抱きしめる。

口づけを交わすと、それからもう二人はためらわなかった。

衣服を脱ぎ捨て、寝台へ転がる。その時にはもう、互いの身体は興奮しきっていた。

「グウィン、あ……あ、早く」

やっと抱いてもらえる。そのことを考えただけで後ろが疼いてしまう。けれどグウィンは、すぐにはくれなかった。

「準備をしよう。お前の好きなやり方でするから、おいで」

優しげな声音でグウィンは言う。寝台に仰臥すると、ライトを抱き上げて自分の身体の上に乗せた。尻をグウィンのほうへ向けさせる。何をしたいのかわかった。

「俺が好きなっていうか、あんたが好きなんだろ」

憎まれ口を叩いたが、ぐっと滾った性器を突き出され、身体が熱くなってしまう。

グウィンは喉の奥で笑い、ライトの尻たぶを摑んだ。

「私が好きで、お前も好きなやり方だ」

「あぁっ」

ぬるりと後ろに舌が入ってきて、腰が浮いた。グウィンは襞をこじ開けながら、空いた手でライトの性器を扱く。前後の刺激にたまらず、腰が揺れた。

「ほら、喜んでる」

「ばか……ん、んぅっ」

悔しくて、ライトもグウィンの滾った性器を頬張った。最近ようやく慣れてきた口淫を施すけれど、大きくて口に入りきらない上に、グウィンの愛撫が巧みで気が逸れてしまう。もうすぐにでも達してしまいそうで、思わず泣きを入れた。

「グウィンっ、も……やだ、そこばっか」

「初めて私のものを受け容れるのだ。入念に準備をしておかねば」

言葉こそライトの身体を気遣うようだけど、声の響きにはこちらの反応を楽しんでいるような節がある。

確かにグウィンの巨根を受け容れるのは不安もあるが、今は弄られ続けた後ろが疼いてたまらない。

何しろ、彼と出会って旅をしていた頃から、ずっとグウィンに後ろを開発されていたようなものなのだ。

襞をこじ開けられ、肉壁を擦られる快感を覚えさせられた。今も逞しい男根を見せつけられながら、お預けを食らっている。

いつまで焦《じ》らすつもりなんだと、いい加減に恨めしい気持ちになってきた。

「ばか、やろ……」

悪態をつくと、ライトは腰を引いてグウィンの愛撫から逃れた。振り返り、潤んだ目でグウィンを睨む。

自ら尻の窄まりに指を這わせ、襞を開いてみせた。潤ったそこが、ぬちりといやらしい音を立てる。

「早く、入れろよ……」

ごくりと、グウィンが喉を鳴らした。唇の端を歪めて、エルフらしからぬ野生めいた笑みを浮かべる。

身を起こし、背後からライトの尻を摑んだ。

「男を知らない身体のくせに、私を煽るとはな」

熱いものが尻に押し当てられる。グウィンの性器だとわかった時、期待に胸が震え、肌が粟立《あわだ》った。

襞をめくり上げ、男の亀頭が潜り込んでくる。

「あ、あ……」

待ちに待った感覚だった。極太の男根がずぶずぶと内壁を擦り上げ、ゆっくりと、焦らすように挿入されていく。

すぐには根元まで埋め込まず、浅い部分で二度三度と、腰を揺すられた。

「や、あっ、あ……それ……」

コリコリと陰嚢の裏側を押され、喉をのけ反らせた。尻から陰茎にかけて、快感が繫がったような気がした。射精感が込み上げてきて、思わず自身の性器を握る。

背後でくすりとグウィンが笑った。

「少し突かれただけで気をやっていては、身が持たんぞ」

こちらはもう、射精寸前なのに、声音が余裕なのが憎らしい。

後ろを意識して食いしめる。グウィンが息を詰めるので、ちょっと嬉しくなった。

「煽るなというのに」

声が一段、低くなった気がした。ずるりと性器が抜かれる。

「グウィン……？」

「お前の顔が見たい」

言ってライトの身体に腕を差入れ、仰向《あおむ》けに寝かせた。向かい合わせになり、グウィンが再び挑んでくる。

「あ、あっ、グウィンっ」

グウィンが真剣な顔で腰を穿つのが見える。唇を啄まれ、抱き合いながらの行為はたまらなく幸せだった。

「愛してるよ、私のライト。やっとお前を抱けた」

「うん。う……んっ」

俺もと答えたいのに、もう余裕がなかった。逞しい腕に抱かれ、滾った雄に貫かれて、ライトは絶頂を迎える。

のけ反ったライトの喉元に、グウィンは嚙みつくように口づけた。強く抱きしめ、欲望のまま腰を打ちつける。

「あ、あっ」

「……っ」

ほどなく、グウィンがうめいた。埋め込まれた男根がびくびくと震えて精を吐く。

しばらくの間、どちらも言葉を発しなかった。しかし、充足に満ちた空気が互いの間を流れていた。

やがてグウィンがわずかに身を起こし、ライトに口づけする。ライトもそれに応え、無言のまま唇を貪り合った。

そうするうちにまた、どちらの身体も昂ってくる。二度目の接合が始まり、二人の初夜はその後、空が白み始めて、ライトがもう無理だとべそをかいて懇願するまで続いた。


ライトたちが森の家に戻ったのは、それからさらにふた月が経ってからのことだ。

半年留守にした家を綺麗にして、まずやったのはお楽しみ会だった。

子供たちとグウィンとライト、それにポルフォルとスルイドで、ご馳走を食べ、ゲーム

に興じた。

暖かい季節になっていたから、夜はみんなで暖炉の部屋に敷物を敷いて眠った。

楽しくて幸せで、ああようやく家に帰って来たのだと、ライトは実感した。

日常が戻ってきたが、以前と違い、子供たちと近隣の町や村に行くこともできる。馬と馬車を買って、半月に一度はみんなで買い出しに出かけるのが習慣になった。

スルイドは森の家で三か月ほど休養を取り、再びメウドゥーイの任務へと旅立った。

ポルフォルは、スルイドから遅れること数か月、すっかり元気になり、彼も次の任務へ向かった。

二人が旅立つ時は寂しかったが、また折々に帰って来ると約束してくれた。

五人暮らしになった森の家は、騒がしく楽しい毎日を送っている。家の仕事に、それぞれの勉強。少しずつ増築や改築も進めていて、やることがたくさんあって忙しい。

週に一度のお楽しみ会はその後も続き、ライトとグウィンは、子供たちが寝静まった後に恋人の時間を楽しんでいる。

森に戻って一年ほど経った頃、ラガスクが王政を廃止し、貴族たちによる議会制となったという知らせを受けた。

ラガスク王が光の御子に殺された後、ラガスクの貴族たちはその事実を隠し、密かに貴族政治への移行を進めていたという。

体制が整った後、ラガスク王の崩御を国民に知らせ、近隣諸国へも速やかに王位の撤廃を告知した。

その陰にメウドゥーイたちの活躍があったのだが、それをラガスクの国民たちが知ることは今後もないだろう。

多少の混乱はあったものの、争いもなく政治体制は変わり、ゆっくりとだがラガスクは以前の豊かさを取り戻していった。

さらに十年も経つ頃には、残酷な狂王の話は物語の中で語られるようになった。

内乱の危機を免れた『宵草の国』はというと、その後も何事もなく、エシルの叔父による藩政が行われている。

エシルは命を脅かされることもなく大人になり、子供の頃の夢のとおりメウドゥーイとなって、やがてアルとディーと共に森の家を巣立って行った。

それでも森の家は、あとから来た子供たちと、羽を休めに来るメウドゥーイたちのおかげで、静寂には程遠い。

折々に帰省していたポルフォルとスルイドは、メウドゥーイの引退後、ここを終《つい》の棲家《すみか》とした。巣立ったエシルたちも、任務の合間に帰って来る。

森の家はずっと、賑やかなままだ。

あとがき

こんにちは、初めまして。小中大豆と申します。今作がシャレード文庫さんで初めての本になります。

今作はいわゆる異世界転移ものですが、いかがでしたでしょうか。

元ヤンでわりと真面目な板金工の受が、異世界で美形エルフ様に愛されつつ、わちゃわちゃほのぼの子育てするお話……だけだったはずなのに、できてみると意外とダークネスな雰囲気になってしまったので、自分でもびっくりしています。

ただ、いろいろあっても攻と受、それに子供たちは幸せな結末を迎えますので、どうか最後まで読んでいただけると幸いです。

イラストは、芦原モカ先生にご担当いただきました。受のライトは攻寄りの受がいい、などとお願いをしたところ、ぴったりイメージ通りに描いてくださいました。

エルフのグウィンも美形でカッコよくて、本当に感謝しております。芦原先生、ありがとうございました。

担当様もここまでご尽力いただき、ありがとうございます。ご迷惑をおかけして申し訳ありません。

そして拙著をお読みくださった皆様、ありがとうございました。

闇の多い本作ですが、少しでもお話の世界を楽しんでいただけたら幸いです。

それではまた、どこかでお会いできますように。

本作品は書き下ろしです

小中大豆先生、芦原モカ先生へのお便り、
本作品に関するご意見、ご感想などは
〒101-8405
東京都千代田区神田三崎町2-18-11
二見書房　シャレード文庫
「異世界でエルフと子育てしています」係まで。

CHARADE BUNKO

異世界《いせかい》でエルフと子育《こそだ》てしています

2021年2月20日初版発行

【著者】小中大豆《こなかだいず》

【発行所】株式会社二見書房
東京都千代田区神田三崎町2-18-11
電話　03(3515)2311［営業］
　　　03(3515)2314［編集］
振替　00170-4-2639
【印刷】株式会社 堀内印刷所
【製本】株式会社 村上製本所

落丁・乱丁本はお取り替えいたします。
定価は、カバーに表示してあります。

ISBN978-4-576-21009-4

https://charade.futami.co.jp/